Wilhelm Herbert Koch · Kumpel Anton

Fällt im Ruhrgebiet das Stichwort „Kumpel Anton", dann vergißt auch der Deutschlehrer sein Hochdeutsch: „Dattisen tofften Seegers", findet er, und alle sind sie seiner Ansicht: Selten hat eine „literarische" Gestalt eine so ungewöhnliche Popularität erlangt wie Kumpel Anton, dem seit 1955 allwöchentlich eine deftige Geschichte in der Westdeutschen Allgemeinen Zeitung gewidmet ist. Der bedächtige Anton und sein pfiffiger Gesprächspartner Cervinski sind im Ruhrpott (und nicht nur dort!) so lebendig und dem Leser so vertraut wie der Kollege „auf Schicht" oder der Nachbar von nebenan. Die Menschen an Ruhr und Emscher finden hier ihre Sprache, den jüngsten deutschen Dialekt, zum ersten Male festgehalten; ihre Mentalität spiegelt sich in diesen handfesten Geschichten von W. H. Koch, der seinen Landsleuten auf den Mund (und ins Herz) geschaut hat. — Koch, geboren 1905 in Bochum, hat selbst das „Bergfach" studiert. Er ist Redakteur der WAZ und lebt in Bochum-Querenburg.

Wilhelm Herbert Koch

Kumpel Anton

Der ganze Kwatsch fon die letzten Jahre

Droste Verlag · Düsseldorf

8. Auflage 1986
Illustrationen: Otto Berenbrock
Einbandgestaltung: Wilhelm Cremer
Nachwort: Jürgen Lodemann

Gesamtherstellung: Poeschel & Schulz-Schomburgk, Eschwege/Werra
ISBN 3-7700-0110-9

Vorwort

„Dicken", sacht Kumpel Anton für mich, „so viele Jahre nu schon! Ärss hamse gesacht, fadormnet Deutsch, un gezz iset den neuen Kohlenpottillalekt oder wie se dat nennen. Kannze ma sehn, watte angerichtet hass."

„Ich?" sarich, „ich? Ich happtat donnich angerichtet! Du hasstoch immer gesacht, ich sollma so schreim wie datt Folk hier spricht. Un du tuuss so sprechen, un ich tu man bloss so schreim. Kannze mich donnich für fadummdeubeln."

„Ischon gut, Dicken", sacht Kumpel Anton, „aber kannze ma sehn, watt in son richtigen Tillalekt drinsteckt. Über zehn Jahre, Dicken! Un aintlich hamwer fiel Spass dabei gekricht."

„Na", sarich, „Kumpel Anton, wa aber auch fadammt fiel Abeit bei."

„Na, nu gippma nich so an, Dicken", sacht Kumpel Anton, „brauchse nur dat Folk hier auffe Schnauze kucken – hasse n funkelnagelneun Tillalekt, un den Spass krisse ganz für umsonnz dabei. Prost, Dicken. Machma ruich so weiter."

Wilhelm Herbert Koch

Ne Maak is noch lange keine Maak

„Anton", sachtä Cervinski für mich,
„Hasse datt auch schon gemerkt,
Datt zwischen die eine Maak unti andre Maak
N himmelweiten Unterschiet is?"
„Wieso", sarich, „ne Maak isne Maak,
Optat ne alte oder ne neue Maak is,
Kannze immer dazzelbe für kaufen."

„So meinich dat nich, Anton", sachtä Cervinski,
„Anton, wennze fümfzich Maak auffe Patte hass,
Fon die die Mutti nix weiss,
Dann kommsse dich for wie Pick As fon oom,
Da kannze schomma die Daamkapelle spieln lassen,
Oppse zehn Maak faschnaseln tuus oder zwanzich,
Dattistich piepegal.

Aber wennze bloss zwanzich Maak auffe Weste hass,
Dann bisse mitti Scheine schon fadammt forsichtich,
Un dat mitti Daamkapelle, da lass man die Finger fon.
Aber weisse, wennze zwanzich Maak auffe Patte hass,
Untu bis aams bei Taumfatters Jupp,
Dann kommtichtatt auf ein Schnaps
Mehr oder weniger nich an,
Lasstoch zum Deubel, wenn datten Daler mehr kostet,
So denxe dann.

Aber Anton, wennze bloss zwei Maak auffe Joppe hass,
Da tuusse schon aufpassen, dattich der Kellner

Nichen Glas Bier zufiel auffen Deckel malt,
Da tuusse schon mitti Groschens rechnen,
Untu kuxo stiekes durch dat Lokal,
Oppta nich ein sizzt, der dich ein ausgippt.

Kannze sehn, Anton", sachtä Cervinski,
„Deswegen isne Maak noch lange keine Maak,
Ne Maak fon fümzich Maak, dattis man blossen Tuck,
Ne Maak fon zwanzich Maak, dattischon ne waame Weste,
Aber eine Maak fon zwei Maak, datissen dicken Hunt."

Izze Kumpmann

„Anton“, sachtä Cervinski für mich,
„Du kännztoch den Izze Kumpmann?“

„Watt fürn Izze Kumpmann?“ sarich,
„Izze Kumpmann kännich nich.“

„Watt“, sachtä Cervinski, „du kännsten Izze Kumpmann
nich?
Dattistoch dä Kumpmann,
Dä bei uns in Dickebank wa,
Un gezz auf Hibernia am faan is.“

„Nä“, sarich, „den kännich warraftich nich.“

„Mann“, sachtä Cervinski, „dattistoch dä Kumpmann,
Dä datt Kröösken mittat Rothaarige hatte,
Wat im Deutschen Eck hintern Tresen stant,
Dä mit den schwazzen Abeitgeberhut,
Dä immer Sekunndant im Boxklupp is.“

„Wattema“, sarich, „istattä Kumpmann,
Dense inne Liedertafel mal fahaun ham,
Weiler falsche Noten ausgegeem hat?“

„Jau“, sachtä Cervinski, „dä istat.
Weisse, dense beit Frülinxfest
Den Pott mit Semf inne Hose gestoppt ham.“

„Wenn datt dä is“, sarich, „den kännich,
Dattistoch dä Izze Kumpmann,
Dä immer Pannas auffe Butters hatte?“

„Jau“, sachtä Cervinski, „undä bei Taumfatters Jupp
Immer auf Latte schreim lassen tat.“

„Wennze den mainz“, sarich, „den kännich.
Watt is mit den?“

„Och nix“, sachtä Cervinski,
„Dä hat gestern inne Strassenbahn
Zehn Fännich gefunnn.“

Inne Nacht träum

„Anton“, sachtä Cervinski für mich,
„Tuusse inne Nacht schomma träum?“

„Nu“, sarich, „kommtschomma for,
Aber watt besonderet iset nich.“

„Anton“, sachtä Cervinski, „immer
Wennich aams Kattoffelsalat ess,
Dann tuich inne Nacht träum.
Aintlich happich datt ganich so gärne,
Weilze nie weiss, watte träums,
Aimal is ein mitten Messer hinter dich her,
Aima fehltich am Appschlach watt inne Tüte,
Aima willze ne Treppe hoch
Un krisstat linke Bein nich nach,
Aima siesse, wien Färt Bier trinkt.
Na egal, wenn dat aams Kattoffelsalat gippt,
Dann essich da man nuren Tellerken fon foll,
Fon wegen, weilze Anx for dat Träum hass.

Na, un gestern gaptat widder Kattoffelsalat,
Un ich ess man nuren Tellerken foll,
Un heute nacht gink datt mittat Träum los.
Mann, Anton, da sass ich aufne grüne Wiese,
Unta kamen ganz tofftet Mätchen,
Mitten rotet Klait un offenet Ha,
Datt sezzte sich neem mich,
Un kniff michen Auge zu,

Un hatte auch ne Tasche bei sich,
Da waan frische Bröötkes drin,
Unne dicke Mettwurst,
Un wir ham ganz prima achilt.
Na, unta kucktmich dat Mätchen
Son bissken winkelich aus dat schräge Auge an –
Ja, unta wa dä Traum alle!"

„Na, Mann", sarich, „datt wa doch man nuren Traum."

„Na, unt?" sachtä Cervinski,
„Anton, watt mainze, wennich nu
Drei Teller mit Kattoffelsalat gegessen hätte,
Watta auf die grüne Wiese
Noch allet hätte kommm könnn?"

Schicht is schön, wennse aufhört

„Anton", sachtä Cervinski für mich,
„Mornschicht is schäbbich,
Da musse schon um fümf raus,
Un dann bisse noch klamm im Kopp,
Un dattis kalt un am regen,
Untu hass überhaup keine Lust.
Aber wennze mittachs ausfährss,
Dann istatt ganz schön,
Hassen ganzen Nammitach for dich,
Un kannz spaziern gehn
Wohinze willz."

„Anton", sachtä Cervinski für mich,
„Mittachsschicht is schäbbich,
Wenn so richtich die Sonne am schein is,
Dann musse nachen Pütt hin,
Un in datt schwazze Abeizzeuch,
Aber wennze aams ausfährss,
Dann kannze schon um zehn
Bei Taumfatters Jupp anne Teeke stehn,
Kannzen Skat spieln
Un ruich ein schlucken
Weilze dich am andern Tach auspenn kannz."

„Anton", sachtä Cervinski für mich,
„Nachschicht is schäbbich.
Wenn andere Leute im Kinno gehn,
Oder am schickern sint,

Dann musse nachen Pütt hin un malochen.
Aber wennze morns ausfährss,
Dann istat ganz schön,
Die Schwazzdrosseln singen,
Untu kannz essen wannze willz,
Unt im Gaaten gehn wennze willz,
Un pennn wennze willz,
Zeit hasse genuch."

„Wodrann lichtat bloss, Anton", sachtä Cervinski,
„Datt geede Schicht schäbbich is, wennse anfänkt,
Un schön, wennse aufhört?"

Rin im Kübel un auf die Olle!

„Anton“, sachtä Cervinski für mich,
„Wennzema auffe Straasse anne Kreuzung
Fonnen Auto angebummst wirss,
Istichtattenn lieber, an datt Steuer fon datt Auto,
Wattich angebummst hat,
Sizzten Waip odern Kärl?“

„Mensch“, sarich, „du hass wollen mittleren Hammer,
Watt willze denn überhaupt fonnen Auto angebummst
wärn?“

„Kann doschomma passiern, Anton“, sachtä Cervinski,
„Bei den Fakeer – patsch,
Sizztich ein mitten Kotflügel anne Alltachshose,
Brauch ja nich fiel passiern, Anton,
Nur datte mainz, dattichen Färt getreten hat –,
Anton, un gezz sizzta n Kärl am Steuer,
Watt läuft?
Datt geet fon Holzkopp bis Tomaten auffe Augen,
Un fon Pennn bis Neulink im Fakeer,
Dat is allet, Anton.

Aber wenn da gezzen Waip am Steuer sizzen tut,
Ha?
Da hamwert! Da hamwert!
Nä, mitten Auto rumgurken un nich könnn,
Solln anne Kochpötte bleim un Kattoffel schäln,
Die Blagen laufen mit kaputte Strümfe rum,

Aber die Olle muss Auto faan,
Zu Hause lichter Staup auffe Kommoode,
Nix – aber hier herumzwitschern,
Un Menschen in Leemsgefa bringen –
Da hamwert! Da hamwert!
Anton, allet watte so mitti Gleichberechtigunk
Auffen Härzen hass, Anton,
Rin im Kübel un auf die Olle!

Kannze seen, Anton, Kärl am Steuer is normal,
Aber beine Olle, da hasse sälps watt dafon,
Wennze ma anne Kreuzung fon son Auto angebummst
wirss."

Watthatt son Possboote et gut!

„Anton", sachtä Cervinski für mich,
„Et is nich eimfach, n Stachelschwein zu kizzeln,
Aber watthatt son Possboote et gut!"

„Wieso hatten Possboote datt gut", sarich,
„N ganzen Tach mitti schwere Tasche rumlaufen
Un überall die Briefe unti Pakete hinbringen?"

„Un wie son Possboote datt gut hat, Anton",
Sachtä Cervinski,
„Kumma, wenn unserain anne Maloche is,
Dä ärste Wagen Kooln, datt geet noch,
Da bisse frisch un kurrant,
Datt machtich gaanix,
Un auch dä zweite untä dritte noch,
Un mainzwegen dä fierte un fümfte,
Aber dann geetet los,
Bei jeden Wagen Kooln musse mehr asten,
Un bei den forlezzten, da bisse rein opp,
Un beim lezzten, da bisse alle,
So geetat mit unserain!

Un son Possboote?
Na, zuärss hatter ne schwere Tasche,
Da hatter watt zu schleppen,
Aber mit geeden Schritt wirtatt Dink leichter,
Un wennet man immer nur ummen Brief oder n
Posskaate is,

Datt nächste Haus – schon widder leichter,
Un gee mehr dattatt auf sain Faier-Aamt zugeet,
Desto kurranter un frölicher wirter,
Bisser zum Schluss
Mannurnoch spaziern geen braucht!
Kuck, wenn unserainer fonne Schicht nach Hause kommt,
Dä wirftzich müde un matt inne Küche auffe Bank,
Un sacht: ‚Olle, watt achilen, un dann nix wie penn!'

Un wenn sonn Possboote nach Hause kommt,
Dä is frisch un munter wien Rollmopps am Montach,
Ärss tuuter ain singen:
‚Ich bin der Kristel fon die Post!'
Un dann tanzter mizzaine Olle inne Küche rum,
Datt kann dä allet noch,
Anton, kannzema seen,
Wie guttat son Possboote hatt!"

Watt machse mit datt Übergeschlabberte?

„Anton", sachtä Cervinski für mich,
„Wennze schomma ne Tasse Kaffee trinken tuuss,
Dann kommtattoch schomma for,
Datte watt fon den Kaffee
Inne Untertasse schlabbern tuuss –,
Anton, watt machse mit datt Übergeschlabberte?"

„Nun", sarich, „datt tu ich widder inne Tasse
Un trink datt mit."

„Anton", sachtä Cervinski, „datt is ja mein Reden,
Aber grade an dit Übergeschlabberte
Da kannze manchma richtich
Den Unfastant fonne Fraun erkenn.
Lezzten Sonntach beim Kaffeetrinken
Tu ich mich auch datt Übergeschlabberte
Widder inne Tasse un will datt mittrinken,
Da kuckt mich meine Olle an.
‚Watt?' sachze, ‚watt machs du denn?
Du biss mich aber n schönet Ferkel,
Du trinx datt Übergeschlabberte mit?'

‚Warum nich, Mutter', sarich,
‚Oder mainze, dattu die Untertassen
Nich so kurrant spüln tuuss wie die Tassen?'

‚Datt hattoch damit gaanix zu tun', sachti Olle,
‚Übergeschlabbertet is Übergeschlabbertet,

Un datt trinkt man nich.‘
Na, un bei die nächste Tasse
Schlabbert mich schon widder watt über –
Lässtet drin, denkich, un tu die Tasse heem,
Un natürlich schlabbert mich
Watt fon datt Übergeschlabberte
Fonne Tasse auffen Schlipps.
‚Du Ferkel datte geess‘, sachti Olle,
‚Datte dich immer den Schlipps besabbern muss!‘

‚Mutter‘, sarich, ‚nu lankt mich datt,
So willze nich un so willze nich,
Datt Übergeschlabberte sollich nich trinken,
Un den Schlipps sollich mich aunich besabbern,
Willze mich bei dem Unfastant mal sagen,
Wo ich denn nu aintlich
Mit datt Übergeschlabberte bleim soll?‘“

Da isen Knopp am fehlen

„Anton“, sachtä Cervinski für mich,
„Mitti Weiber, da kannze Krach kriegen,
Ohne dattedatt überhaupt willz.
Anton, gestern sachich für meine Olle,
Un ich sachtatt so richtich nett un schön,
‚An mein Sonntachshempt, da isen Knopp am fehlen,
Tuusse mich den eema drannähn, Paula?‘
Unta kuckze mich so finnich an,
‚So‘, sachze, ‚da isen Knopp am fehln?
Watt forne Zitterpappel hattich den denn appgerissen?‘

‚Kwatsch‘, sarich, ‚Zitterpappel!
Dä is ganz fon alleine appgegangen.‘

‚Datt glaupse doch woll sälps nich‘, sachze,
‚Datt fon dat Sonntachshempt
N Knopp fon alleine appgehn tut.‘

‚Warum soll fon dat Sonntachshempt
Nichen Knopp ganz fon alleine appgehn‘, sarich.
‚Aber wennze dat nicht glaum tuuss – fon mich aus!
Fileicht binnich forn Omnibus gefitscht,
Oder bei dat viermalhundert Meter Kranzkuchenessen,
Kann auch sein, datter da appgegangen is,
Geenfalls ista n Knopp am fehlen,
Untu sollz mich den widder drannähen.‘

‚Ach kuckma an‘, sachze da ganz ösich,
‚Bei irgentwatt ister Knopp appgegangen,

Un für irgentwatt sollichne widder drannähen!
Da musse dich schon ne Dümmere suchen, Fögelken!'

Watt mainze, Anton", sachtä Cervinski,
„Wattich da ne Wut am kriegen wa!
‚Himmeldonnerwetter nochma zu', sarich für die Olle,
‚Für watt happichne Olle,
Wennse mich nonimma die Knöppe am Hempt näht!'

‚Siesse, siesse', sachze da,
‚Datt märkt man doch an deine Schimferei,
Datte mit dein appen Knopp an dat Sonntachshempt
Widder bei Waschmaschinewskis inne Drahtkommode
hänx.
Für Knopp am Hempt nähn, da binnich dich gut genuch!
Soll dich doch der Plümmerspizz den Knopp am Hempt
nähn,
Dä dich den appgerissen hatt!'

Kuck, Anton", sachtä Cervinski,
„Da hasse, ohne datte datt willz,
Wegen son Scheissknopp den grössten Stunk inne Bude.
Wazzoltich machen?
Ich happmich den Knopp sälps am Hempt genäht."

Watt mainze, wazze da angefaan komm

„Anton", sachtä Cervinski für mich,
„Watten echten Mann is,
Dä muss Stolz, Mettwurst un Braatkattoffel haam,
Un watt mainze, watt dieset Frühja
For Merzeedesse for mein Haus steen!"

„Nanu", sarich, „hasse den Bogen raus,
Wie man sex Richtige im Lotto kricht?"

„Datt nich, Anton", sachtä Cervinski,
„Datt is auch ga nich nötich,
Wennze fon datt Wirtschaffzwunder watt mitkriegen willz.
Kuck, die Mennetschers,
Die sintoch alle zu dick,
Weilse nix tun alz Geltfadien, Autofaan und gut Essen,
Un alle Dokters, die tunse saagen:
Herr Generaldirektor Haberkorn, sagen die Dokters,
Was Sie feelt, dattis die körperliche Bewegunk!
Geen Morgen die Schüppe inne Hant,
Sonnz wirttat schlimm mitti Herzfafettunk fon Sie,
Herr Generaldirektor Haberkorn!

Na, un wazzon Generaldirektor is,
In sein eigenen Gaaten, mainze,
Dä tääta sein schön Rasen umgraam?

Un gezz geepich ne Annonxe auf:
Für Mennetschers un Generaldirektors,

Unter fachkundiger Leitunk,
Gaaten umgraam bei Ämmil Cervinski,
Stunde fümf Maak,
Mistfaan sex Maak,
Unkraut hacken datt gleiche,
Im Abonnemang Preisnachlass!
Watt mainze, wazze da angefaan komm,
Alle wollnse bei Ämmil Cervinski den Gaaten umgraam,
Dazze mitti Herzfafettunk klaakomm,
Anton, ärss tunse umgraam,
Un dann kommtat grosse Jucken,
Un unser Ämmil, watt mainze,
Watter dit Ja für Kattoffel in sein Gaaten hatt
Un für Schickermoos inne Tasche!"

Hälze datt aintlich fürn Spass?

„Anton", sachtä Cervinski für mich,
„Hälze datt aintlich fürn Spass,
Wennze dich mal junge Mätches ankux?"

„Nu", sarich, „warum soll datt nichen Spass sain,
Wennze dich junge Mätches ankux?"

„Anton", sachtä Cervinski, „wie mant nimmt.
Kumma, in unsern Klaingaatenfa-ain,
Da hattenwer doch gezz datt Frülinxfest,
Un so gegen zehn geeter Backhaus auffe Bühne
Un sacht: ‚So, gezz machen wir mal Spass,
Gezz wirti Miss Radiesken gewählt,
Ärster Prais n Bombomjere,
Zwaiter Prais n Strauss Tulpen,
Dritter Prais n Funt Kunzdünger,
Cervinski un ich sinti Preisrichters!'.

Un juchee – gink dat los mitti Miss Radiesken,
Un alle Mätches taaten an uns forbaimaschiern,
Datt waan Spass!
Na, un ärste wurde datt Hetti Kimmeskamp,
Zwaite datt Adelhait Piontek,
Dritte aine, die wa nur auf Fisitte da,
Datt waan Spass!

Unt alzdatt vorbai wa, da kam ainer bai mich bai,
‚Du Matrazzenstrolch', sachter,

‚Dat Hetti soll schöner sain als maine Uschi?
Du hass woll noch nich mitten Bärn gerungen, watt?

‚Mann', sarich, ‚datt wa doch nuren Spass!'
Ja, un dann kam noch ainer, dä sachte:
‚Du abaizlosen Schinese, datt dürre Adelhait
Datt sollne Miss Radiesken sain?
Kucktichma maine Olga an, du Tünnes,
Da istoch weenichstenz noch watt dran!'

‚Mann', sarich, ‚datt wa doch nur Spass!'

Un dann kam noch ainer un wurde pampich:
‚Watt', sachter, ‚du hasstich woll anne Tischdecke
Die Footen appgepuzzt!
Hier muss woll aine ne miese Zicke sain,
Wennse Miss Radiesken wärn will!
Hass woll Tomaaten auf de Augen, watt?
Da kann doch kaine an maine Brunnhilde rann!
Wattema, Junge, nochmal so watt,
Dann bisse tot geborn!'

Anton", sachtä Cervinski, „et wa zum Mäusemelken!
Et hätte nich fiel gefeelt,
Dann hättense den Backhaus un mich
Zum Tempel rausgewixt,
Kuck, un da saagense, dattat n Spass sain soll,
Wennze dich die Mätches ankux!"

Lasse sichen Küssken geem

Bei uns istat gezz schön inne Laube,
Wennze so Feia-aamt hass,
Die Wullbohn blühn,
Unti Steckfigeletten auch,
Untä weisse Rosenstrauch inne Ecke;
Un anne Ärpsen is watt dran,
Un dicke Bohn hamwer schon gehappt zu Mittach.

Un wennze gezz aams auffe Bank sizz,
Schöne kalte Pulle Bier dabei,
Unne Zigarette an,
Un kux so über die Gärtens,
Wie datt allet so grün is,
Unti Sonne is am untergehn,
Dann hasse watt dafon.
Wenn so die Fatters
Nach die Blagen rufen:
„Frizzken, hasse nich gehört,
Dattichtich geflötet happ?"
Dazze inne Betten kommm,
Dann istat die schönste Zeit.

Die schwazze Kazze schleicht durch die Pättkes,
Dazze Mäuse fangen tut,
Un in die hohe Pappel
Isti Schwazzdrossel am singen.
Dä olle Fossnacke
Jachti Hühner im Stall,

Untä olle Wizzuleit, dä Stotterbock,
Kommpt anne Laube forbei:
„Hahasse Feia-Feia-aamt,
A-hanton?“ sachtä.
„Jau“, sarich, „ich happ Feia-aamt.“

Kumma an, unta hinten durch die Gärtens,
Da gehten Beckmann sein Franz
Mittat Ärrika aussen Konsum,
Un weil dazzo schmale Wege sint,
Gehzze forne un er hinten.
Na, wennse an dat Büschken sint,
Dann wärnse woll Seite an Seite gehn.
Lasse man. Lasse sichen Küssken geem.
Warum auch nich?
Son schön Aamt
Hamwer lange nich gehappt.

Ich gee alz Raumfleegerin

„Anton", sachtä Cervinski für mich,
„Mainze nich auch, datti Welt
In fümfzich Jaan anders aussieht?"

„Dattistomma kla", sarich,
„Wenn dazzo waiter geet mittat Erfinn
Un mitti Atoombomm,
Dattattan allet anders aussieht."

„So main ich datt nich, Anton", sachtä Cervinski,
„Aber gestern traf ich den langen Gustaff,
Un waisse, watter mich saachte?
‚Watt ich? Ich bin donnich doof,
Dattich mich kaputtmalochen tu,
Ich gee gezz alz Raumfleegerin,
Früher tatense Puzzfrau dafür sagen,
Aber heute istat watt Besseret,
Heute istat ne Raumfleegerin,
Un wazzone Raumfleegerin kann,
Datt kannich alz Raumfleeger schon lange,
Küche schruppen, Fenster puzzen,
Fon mich aus aunoch die Kinder im Bett bringen,
Un Kaffee kochen un Bütterkes schmiern,
Un Kattoffel schäln und Kooln raufholn –
Datt musich ja allet schon sowieso machen,
Warum nich für Gelt un für andere Leute?
Da krich in mein Zimmerken mitten Batt.
Un mein eigenet Färnseen,

Un zweimal inne Woche Ausgank un sonntach frei.
Kannze, ohne dattich einer watt sacht,
Auffen Sportplazz geen.
Nä', sachtä lange Gustaff,
,Ich bin donnich doof!
Ich gee alz Raumfleeger!'
Anton", sachtä Cervinski, „wenn sich datt rumspricht,
Watter lange Gustaff machen will,
Glaupse, dann dauert datt nich lange,
Datti Kärle dann alle alz Raumfleeger geen,
Unti Fraun inne Fabrik –
Kannze seen, Anton, datti Welt
In fümfzig Jaan ganz anders aussieht!"

. . . oder wiet auffen Pöttken saass

„Anton“, sachtä Cervinski für mich,
„Wie istat aintlich bei dich,
Bistu dä ällste zu Hause?“

„Nä“, sarich, „dä ällste,
Datt is unser Soffi,
Ich bin dä dritte.“

„Kumma an“, sachtä Cervinski,
„Dann geetich datt genauso wie mich, Anton,
Dann hasse datt gleiche hatte Schixal,
Datte nich weiss,
Wiesse als kleinet Kint ausgesehn hass.
Anton, unser dicke Tante Matta sein Treesken,
Weisse, die den fom Kattasteramt hat,
Als bei die datt erste ankam,
Siechfritt taten se ihm nennn,
Ärssma tatense sich sälps n Fotto-Apperat kaufen,
Un watt inne Fawantschaft un inne Bekanntschaft
N Fotto-Apperat hatte, datt musste antreten,
Datt Kleine appnehm,
Fon hinten un fon forne,
Wiet sein Fläschken hatte,
Oder wiet auffen Pöttken saass,
Duzzende fon Bildern liessen se dafon machen.

Anton, un wie datt zweite ankam,
Datt Dachma, datt wa schon kein Wunderkint mehr,

Na ja, wurde auchma n bissken geknippst,
Wenn grat schön Wetter wa,
Un wennse Zeit hatten,
Datt wa aber auch allet.

Anton, un bei datt dritte, datt Krista,
Datt wa dann schon watt Alltächlichet,
Un knippsen, Anton? Nich nötich,
Isja nix Besonderet, brauchse auch nich knippsen.
Anton, un wenn die Kinder grösser wern,
Dann geeti datt genauso wie dich un mich,
Keine Ahnunk hamse,
Wiese ma alz Babbi inne Welt gekuckt ham,
Anton, un datt is eem datt hatte Schixal fon die
Nachgeborenen,
Dazze unbekinderbildert durcht Leem müssen."

N guten alten Bekannten

„Anton", sachtä Cervinski für mich,
„N guten alten Bekannten, wennze den triffs,
Istichtattenn egal, woosse den triffs?"

„Nu", sarich, „aintlich ja,
Haupzache, datte ne triffs."

„So?" sachtä Cervinski,
„Also ich will da neulich inne Statt,
Unta sacht meine Olle für mich:
‚Brinkmich aussen Kaufhaus n Funt Butter mit,
Ista immer nochen pa Fännige billiger alz hier.'
Anton, un ich bin da im Kaufhaus am Butterstant,
Un linx un rechz son staaken Drubbel Hausfraun,
Mit Taschen un mit Schirme un son stieren Blick,
Dazzichta bloss kein fordränkt bei dat Butterkaufen.

Anton, ich happ so grade die Teeke in Sicht,
Da stipptmichta einen auffe Schulter,
Un wer war dat?
Dä Heinrich Hoppe, weisse, dä lange Hoppe,
Mit den ich zusamm auf Monzeni in Dickebank wa!
‚Mann', sarich, ‚Heinrich, leepse noch?'
‚Jau, Ämmil', sachter, ‚ich leep noch!
Untu leeps aunoch?'
Anton, un ich happtat grade gesacht,
Wupps, issonne kleine dicke Hausfrau fon linx
For mich anne Teeke gerutscht,

Un eine fon rechz, auch sonne dicke, aber ne lange,
Un boort mich ihrn Ellbogen for die Nase.

Na, denkich, is egal. ‚Heinrich,
Wat machse denn noch? Bisse noch auffen Kohlbärch?‘
‚Ja sicher‘, sachter, ‚Ämmil, untu auch?‘
‚Ich auch‘, sarich – un bumms, fitscht michta sonne Olle
Zwischen meine Figur unti Teeke,
Un ich wa immer nonnich dran.
‚Ämmil‘, sachter lange Hoppe für mich,
‚Dattu noch leeps! Da müssen wir ein drauf falööten!‘
‚Dat müssen wir auch‘, sarich, untich happtat graat
gesacht,
Da bricht fon linx son ganzet Geschwader durch,
Un ich stant widder ganz hinten.

Anton, un dat wurde nix mittat Butterkaufen –
Anton, kannze seen, überall kannzen alten Bekannten
treffen,
Nur nich, wenn dich fon rechz un linx
Son Drubbel Hausfraun im Tiefangriff attakiert,
Dann kommsse mit allet andere nach Hause,
Bloss nich mit Butter.“

Wegen die Härzlichkeit

„Anton", sachtä Cervinski für mich,
„Aintlich isettoch schade,
Dazzich datt Kindliche inne Welt nich halten tut."

„Wieso?" sarich, „wie willze denn durche Welt komm,
Wennze immer datt Kindliche behälz?"

„Datt iset ja eem, Anton", sachtä Cervinski,
„Unser dicke Tante Matta sein Klärchen,
Die hattoch son klein Penz,
Dattisen lecker Dierken!
Son klein Mätchen, is grade n Ja alt
Un kann kaum watt sprechen,
Aber wennze zu die sachs:
‚Wie fänkti Omma Fliegen?'
Dann machze ne knuffte Faust, fitscht damit durche Luft
Un sacht: ‚Sst!'
Un alle fangen am lachen,
Eem weil datt eem sowatt richtich Härzlichet is!

Anton, nu stell dich ma for,
Du sizz mitten pa inne Kneipe,
Mainzwegen mitteen Backhaus,
Un den Szepannek un den dünn Wärner,
Un wazzons noch da sizzen tuut,
Un gezz sachse zu den Backhaus:
‚Wie fänkti Omma Fliegen?'
Untä Backhaus machtne knuffte Faust,

Fänkt am Fitschen un sacht ‚Sst!'
Dann tun die andern woll lachen,
Aber nich von wegen die Härzlichkeit,
Sondern weil dazze uns eem für knalldoof halten!
Anton, da siesset,
Dattet schade is, dazzich datt Kindliche eem nich hält!
Wie schön iset, wenn die Menschen
Über datt Härzliche lachen,
Un wie schäbbich, wennse über datt Doowe grinsen."

Nix als Reize am fluuten!

„Anton", sachtä Cervinski für mich,
„Mainze nich auch, datt in die heutige Zeit
Fon unserainer zufiel falankt wirt?"

„Nu", sarich, „zugeem willich datt schon,
Aber brauchse ja aimfach nich machen,
Wenn se zufiel fon dich falangen."

„Anton", sachtä Cervinski, „du hass allet,
Blooss keine Ahnunk!
Wie willze dattenn machen, aimfach nich machen!
Hasse schomma watt fon Reizüberfluutunk gehört?
Waascheinlich nich!
Dabei steesse da selbers mitten drin, Anton,
Fon alle Saiten sinti Reize am fluuten,
Linx sexeppielen se dich, rechz sexeppielen se dich,
Oom über dich spieltat Radio Hottehott,
Unten unter dich noch watt Schärferet,
Geesse über de Strasse, siesse überall Plakaate,
Wazze fürn toftet Bier machen
Un watte für toffte Schnäppse trinken sollz,
Geesse im Kino – nix als Reize am fluuten,
Wennse nich grade die Gänxsters am appknallen sint,
Steesse anne Zeitunxbude –
Knallbunte Reize am fluuten,
Geesse bei Taumfatters Jupp, kommti Ärna:
‚Hömma, ich happ ne ganz prima Lufttrockene,
Undatt Bier is grade angestochen!'

Fon alle Seiten, Anton nix als Reize am fluuten!
Un dannoch Fussball un dannoch Färnseen un die Taum,
Anton!

Anton, un wennze dann nach Hause kommz,
Dann fänkti Olle an: ‚Ach nee', sachze,
‚Kommense schon länx?
Sie sintoch dä Här, dä hier für die Miete fa-antwortlich is?'
Anton, da siesse, datt eem fon unserainer zufiel falankt wirt!
Nich, datti Olle stolz auf dir is,
Weilze neuneneunzich Reize wien Felz im Meer hass
Apprallen lassen,
Nä, krisse aunoch dumme Worte zu hörn,
Weilze eem bei den ein klein hunderzten
N bisken müde geworn biss!"

„Ich tu gezz auf Schallplatten singen“

„Anton“, sachtä Cervinski für mich,
„Wenn ich nächzenz mit mein Merzedes
An dich fobei fa un winke-winke mach,
Dann sei mich nich böse.“

„Watt“, sarich, „du willz mitten Merzedes
An mich fobei faan un winke-winke machen?
Wie willztu aam Hunt annen Merzedes kommm?“

„Ganz aimfach, Anton“, sachtä Cervinski,
„Watter Peter Müller kann, die Aap,
Unter Radi un nochen pa andere,
Datt kannich auch,
Ich tu gezz auf Schallplatten singen.“

„Achtu Här meines Leems“, sarich,
„Du mit deine Stimme, alz wennze
N heissen Lötkolm in kalt Wasser stopps,
Du willz auf Schallplatten singen?“

„Eem, Anton, eem“, sachtä Cervinski,
„Mittne fanümftige Stimme, da kannze nix wern.
Datt muss schon ne Stimme sein,
Datti Blätter welk wern, wennze losleechs,
Sonne richtige Kaltkottlettstimme mit Steinhäger,
Anton, un sonne Stimme, die happich ja.
Anton, un den richtigen Text!
Datt musso richtich Kwatsch mit Soosse sein,

Nich so watt Forneemet wie den Moont fon Wanne-Eickel,
Un mitti Kaubeus, datt kannze aunimmehr hörn,

Nä, son richtigen Kohlenpott-Text
Mitten richtigen Refränk zinkbamjiffijiffijeh,
Anton, un datt geet so:
,Wie liep ich dir, wie liep ich dir,
Du Mächtelein fom Ruhrrevier,
Wenn dich ma einer pampich kommt,
Watt willer schon, watt krichter prommt,
Du fänx nich ärssma an zu schrein,
Sofott hausstu ihm eine rein,
Zinkbamjiffijiffijeh.

Wie liep ich dir, wie liep ich dir,
Du Mächtelein fom Ruhrrevier,
Doch wenn dich ma der Richtige kommt,
Watt zappelt er, watt krichter prommt,
Kricht auf der Stelle seinen Kuss,
Mit Kohlenstaup, mit Kohlengruss,
Zinkbamjiffijiffijeh.'

Anton, un datt mit meine gefleechte Rotkohlstimme,
Der Radi is nix dagegen, die Aap is nix dagegen,
Datt ganze Folk läuft, sichti Platte kaufen –
Anton, deswegen sei mich nich böse,
Wennich nächzenz mit mein Merzedes
An dich fobei fa un winke-winke mach."

Kommense man nich bei mich bei

„Anton", sachtä Cervinski für mich,
„Watt hällze aintlich fonnen leichten Schnuppen?"

„N leichten Schnuppen?" sarich, „nu", sarich,
„Watt Schlimmet istat grade nich,
Aber nötich iset auch nich."

„Anton", sachtä Cervinski, „n leichten Schnuppen,
Datt istatt Beste, wattet gippt auffe Welt.
Anton, oppset glaups oder nich,
N leichten Schnuppen, der tuut Welten trennn,
Der tuuti Geister scheiden in Gut un Böse.
Wennzen leichten Schnuppen hass,
Dann kannze die Pajasse ärssma richtich kenn lern.

Anton, watt grade am Stock is – ich happen leichten Schnuppen,
Na, un gestern traf ich die Frau Schnipperink auffe Straße,
Weisse, die dicke Olle, di dich immer datt Härz zerbrechen tuut.
Ditt sollzese machen un datt sollzese tun.
‚Herr Cervinski', sachze, ‚fon mein Gaatenzaun,
Da sint n paa Pöste am wackeln,
Tunse die michma eem wieder festkloppen?'

‚Gärn', sarich, ‚Frau Schnipperink,
Aber ich happen Schnuppen.'

‚Watt', sachze un geet zehn Schritt rückwärz, 'n
Schnuppen?
Na, da kommense ma ja nich bei mich bei,
Dazze mich aunoch anstecken!
Un datt mitti Pöste, datt lassense man.'

Oder der olle Gesuntbeeter Paschinski,
Dä will den Beitrach fürn Taumfa-ain holen,
Un wennze eem die Tür aufmachs un sachs watt fon
Schnuppen,
Alz wennze ne Kazze nass machs, so hauter app –
‚Bezaal datt man nächsten Monat mitt', – un weck iser.

Aber da treffich den Backhaus auffe Strasse:
‚Na, watt läuft?' – ‚Bei mich die Nase,
Ich happen leichten Schnuppen.'

‚Kääl, isja prima', sachter, ‚da weisse ja, woosse hingehörs,
Ich happ nämlich son trockenet Gefühl inne Leber,
Un wollt mich grade bei Taumfatters Jupp
N bissken wat hinter den Stiftzahn plätschern,
Da iset für dein Schnuppen ganz gut, wennze mitkomms.'

Siesse, Anton, datt isti andere Hälfte,
Un so wird fon son Schnuppen die Welt geteilt,
Die ein tun so, alz wennze die Pocken im Laip hass,
Unti andern seen nix wien guten Kameraden in dein
Schnuppen."

Da ista son lecker Härzken

„Anton“, sachtä Cervinski für mich,
„Wennze sonntachsnammitachs bei unser dicke Tante Matta
So mitti andern dich über Laufmaschen watt erzääls,
Aintlich kommta doch watt Interssantes bei raus.“

„So“, sarich, „watt Interssantes?
Möchtma wissen, watt anne Laufmasche Interssantes is.“

„Eem, Anton, eem“, sachtä Cervinski.
„Anton, da isen Gemütlichen bei uns im Taumfa-ain,
Un da ista son lecker Härzken,
Weisse, son richtiget Engelken,
Blonde Haare un so watt Liebet im Blick,
So samft un sonne kleine nietliche Schnute,
Un wennze mizze tanzs, alz wennze schweeps,
Un wennzese watt erzääls,
Hörze zu un nickt mitti Wimpern,
Anton, wie sonne Mischunk fon Täubken un scheuet Re,
So zaat un so zärtlich un so gut,
Datt ein sälps richtich zaschmelzen tuut.

Aber auf aima packzich datt Engelken anne Beine,
Unta siesse richtich, wie datt Ha schwazz wirt,
Unti Augen wern grün,
Un statt Nägels waxense Krallen,
Dat Müntken is auf aima n richtigen breiten Rachen,
Di Zähne fangen am blecken,
Alz wennen Tiger n kleinet Lamm fressen will,

Un auffe Stirne siesse richtich,
Wie se zwei Hörner rauswaxen tuun,
Un aus den roten Schlunt,
Da kommtatt scheue Re richtich der Kwalm raus,
Anton, un dann kommten Fluch, Anton!
Un watt für ein!
Wenn sichen Bärchmann unten im Pütt auffe Finger
kloppt,
Da istat milde gegen datt fon datt scheue Re:
,Himmelsakradattichter Blizz unzoweiter –
Ich happne Laufmasche!'

Anton, du fliechs zurück anne Want,
Alz wenn dich dä Gozzeibeiunz geschuppt hätte.
Un wennze dichen bissken erholt hass,
Här du meines Leems, denxe, datt hatt nomma gut gegangen,
Fon wegen Engelken, fon wegen scheuet Re!
Nä, n reissenden Wolf mitten Drachen alz Grossmutter,
Lass bloss die Finger dafonn!

Anton, kannzema sehn,
Wie sonne Laufmasche
Dat zaateste Mätchen fa-ändern tut!"

Klein Strunztüchsken oom inne Tasche

„Anton", sachtä Cervinski für mich,
„Im Taumfa-ain ham wer doch gezz unser Jaaresfest,
Tuutichtatt aintlich schon forher aufreegen?"

„Aufreegen?" sarich, „wofor aufreegen?
Istoch immer dazzälbe, watta so läuft,
Wazzolze dich da gross aufreegen?"

„Eem, Anton, eem", sachtä Cervinski,
„Unserein ziehzein sonntachschen Anzuch an,
Klein Strunztüchsken oom inne Tasche,
Sauber Hempt unnen beeschen Schlipps,
Färtich ister Lack!
Anton, aber die Fraun? Die Fraun, Anton!
Woose sich treffen, wofon kwatschense?
‚Gärda, wazziesse an?'

Anton, neulich wa die Frau Böcker bei uns,
Anton, na, un watt? ‚Watt ziesse an?'
‚Un wennich mich kaputt schwizz', sachti Böckersche,
‚Ich zieh datt Schwazze an!'
‚Datt mit den Bolleero?', sacht meine Olle.
‚Datt mit den Bolleero', sachti Böckersche.
‚Tu datt auch man, Härmine', sacht meine Olle,
‚Schwazz macht schlank, Härmine,
Un datt kannze ja gut gebrauchen.'
‚Wie mainze datt?' sachti Böckersche,
‚Nu tuuma nich so, alz wenn du noch

In Hellrosa im Ballsaal rumstolziern kannz.'
,Datt willich ja auch gaanich, Härmine', sacht meine Olle
,Aber ich kann immer noch in Rock un Bluse kommm,
Un Rock un Bluse is immer noch datt Fainste,
Bloss dattet nich eem geeder tragen kann.'

,Na', sachti Böckersche, ,datt ismich neu,
Rock un Bluse istatt Fainste!
Mainzwegen aufne Kocktailpaati,
Aber nich auffen Jaaresfest.
Aber komm du man ruich in Rock un Bluse,
Komm ruich in Rock un Bluse, Gärda.
Bluse macht immer n bissken füllich, Gärda.'

,Wie mainze datt?' sacht meine Olle.
,Genauso wie du datt mittatt Schwazze',
Sachti Böckersche un haut app.

Anton, kannze seen, wie datt eem is,
Unserein freuzich auf datt Schickern un datt Scherbeln,
Unti Fraun freun sich dadrauf,
Wie se die andern mit ihre Kledasche einen wischen könnn.'

Un dann mussen Ausfluch machen

„Anton", sachtä Cervinski für mich,
„Wennze sonntachs aufsteess,
Hasse dann lieber schönet oder schäbiget Wetter?"

„Na weisse", sarich,
„Türlich schönet Wetter!"

„Sachtat nich so laut, Anton", sachtä Cervinski,
„Wenn dat Sonntach morn is,
Unti Sonne is am schein,
Dann fänkti Olle an, Butterbrote am schmiern,

Unnen Pott foll Kattoffelsalat,
Un dann mussen Ausfluch machen,
Mitti Blagen anne Ruhr,
Un inne Strassenbahn istat foll
Wie inne Ölsadindose.
Un dann musse die ganze Ruhr lank laufen,
Un mussti Butters tragen,
Unti Blagen wollen dit un wollen dat,
Ma Selterswasser, ma Zitronsaft,
Ma Matsche am Paddel,
Weisse, dattis Eis am Stiel,
Untu bis am schwizzen,
Unti Olle am schimfen,
Unti Blagen sint am heulen,
Weilse dit nich solln un dat nich solln,
Un wennze dann entlich ne Kneipe finnz,
Da ister Kaffee kalt un dat Bier waam,
Datte richtich die Schnauze foll hass
Fon den ganzen Sonntach.

Anton, wenn dat aber am plästern is,
Wennze sonntachs aufsteess,
Watt mainze, watte n schön Sonntach hass.
Ärssma kannze lange penn
Un in Ruhe Kaffee trinken,
Un Radio hörn un kein tuutich störn
Mit Butterbrote packen un Blagen anziehn.
Un mittachs kannze dich hintern Schweinebraten knien,

Un dann tuusse widder ein razzen,
Untann kuxe aussen Fenster,
Wie schön dat draussen am plästern is,
Un wie gut datt für den Gaaten is.
Un aams gehsse ma bei Taumfatters Jupp rein,
Kannzen Skat spieln oder dich
Mit andere wat erzähln,
Anton, un dann geesse im Bett,
Un denxtich, wattat fürn schön Sonntach wa,
Dattich keiner hezzen tat,
Datte fon den schön Sonnenschein
Auch unbedinkt wat mitkriegen muss."

Dat Räuma

„Anton", sachtä Cervinski für mich,
„Ischlimm, wenn dich datt Räuma plaacht."

„Datt stimmt", sarich, „aber seit wann hasse datt?
Du machstoch aintlich
N ganz kurranten Eindruck,
Fon Räuma merkt man aintlich nix bei dich."

„Aintlich fühlich mich auch ganz kurrant", sachtä
Cervinski,
„Aber wennich sone ganz bestimmten Bewegung mach,
Anton, wenn ich so mit den rechten Aam
Nache Seite mach,
Un dann nach oom un dann nach unten,
Un dann den linken Aam nach hinten tu,
Un dann den linken Aam nach oom un unten,
Waisse, un dann mit beide Aame im Knick,
Un wennich dann mitti Schultern pama rucke,
Weisse, so ruck ruck ruck,
Un dann mit beide Aame nach forn anne Brust,
Dann tut mich dat Räuma we im Kreuz."

„Du Doowen", sarich,
„Watt machse denn auch sonne farrückten Bewegungen?"

„Ja, Mann, Anton", sachtä Cervinski,
„Wazzollich denn anders machen,
Wenn ich mich die Jacke anzieh?"

Deswegen geh ich nach dat Schüzzenfest

„Anton", sachtä Cervinski für mich,
„Ich ge Sonntach nach dat Schüzzenfest."

„Mann", sarich, „du schickerstoch schon so genuch,
Watt willze da noch auffen Schüzzenfest?"

„Datt is nich wegen dat Schickern", sachtä Cervinski,
„Waisse, wattatt heisst:
‚Bitte auch im Tüttenfa-ain?'"

„Watt is dattenn fürn Kwatsch", sarich,
„Datt fasteh ich nich."

„Anton", sachtä Cervinski un is am Grinsen,
„Wir ham am Stappel n neun Appzieher,
N ganz Doowen,
Dä kann kein ‚S' sprechen,
Dafür sachter immer ‚T',
Un mit den happich mich ma watt erzählt,
Alz ich am Stappel auf Holz wattete.
Na, unta frachtä mich:
‚Bitte auch im Tüttenfa-ain?'
‚Nä', sarich, ‚da binnich nich drin.'
‚Da mutte aber reinkommm', sachtä Doowe,
‚Tonntach hamwer Tüttenfett,
Wat mainte, watta getoffen wirt,
Un allet für umtonnt,

Datt betahlt de Tüttenkönich,
Tofiel, wie de taufen willt,
Bitte gant betoffen bitt.'

,Watt', frachich den Doowen,
,Säufstu denn auch?'

,Da kannte tich auf falatten', sachtä,
,Wat mainte, wattich taufen kann,
Un wennich to richtich ein getoffen happ,
Dann wär ich immer to luttich,
Dann tuich ein tingen
Datti Fenterteim tittern,
To laut tu ich tingen.'

Siehsse, Anton", sachtä Cervinski,
„Un datt muss ich hörn,
Wie der Doowe mit sein ,T'
Singen tut, wenn er besoffen is,
Un deswegen geh ich Sonntach nach dat Schützenfest."

Am liepsten täzene eine schmieren

„Anton“, sachtä Cervinski für mich,
„Wennze da bei eim sizzt,
Der so richtich am kwatschen is,
Da kannze wahne wärn.“

„Da hasse recht“, sarich,
„Da licht richtich Sant aum Sofa,
Wenn einen so am kwatschen fänkt.“

„Anton“, sachtä Cervinski, „wennze bei Taumfatters Jupp biss,
Unta kwatschta einen die ganze Zeit,
Datter Taummist anne Radiskes tuut,
Un datter die Ärpsen nur bei Follmont leecht,
Un datter die Läuse mit Tabaxsafft spritzt,
Un hörta gaanich mit auf –, Anton,
Kannze farrückt wern.
Oder du bista am Skat spieln,
Un einen steet hinter dich un kwatscht:
‚Mann, wie kannze datt Pick-Ass schmiern,
Un bein Null musse doch kontra sagen,
Un mittat Blatt, da passte bei zwanzich‘ – Anton,
Am liepsten täzene eine schmiern.

Aber Anton, datt is noch nix gegen datt, watt gezz kommt.
Wennze aams zu Hause biss un freustich auffen bisken Ruhe,
Da kommti Olle un fänkt an:
‚Samma, du hass mich doch erzählt, gestern aamt

Wa Fasammlunk vom Taumfa-ain?
Na, un dem Backhaus seine Olle sacht mich,
Wa ga keine Fasammlunk vom Taumfa-ain,
Ihr Mann wärn ganzen Aamt zu Hause gewesen,
Hasse woll ma widder ganz schön gekrückt, watt?'

Oder die Olle kommt widder an:
,Samma, for drei Tagen, da hazze nochen Funt im Pottmannee,
Un gezz nur noch eins achzich,
Kannze mich nich ma farraten,
Woosse datt Gelt gelassen hass?'
Oder sie kommt schon widder an:
,Samma, du waasstoch neulich im Konsum Griessmehl holn,
Wie kommtatt, datt bei mich gezz ne Tafel Schokelade
Hier auffen Zettel steet?
Ich happti Tafel Schokelade nich gekricht.'

Anton, kannze seen, datt Schlimmste auffe Welt,
Wattet gippt, inne Kneipe oder zu Hause,
Datt istat fadammte Gekwatsche!"

Hassen ganzen Tach deine Ruhe

„Anton", sachtä Cervinski für mich,
„Hälze datt aintlich für schlimm,
Wenn daine Olle dich für doof hält?"

„Na", sarich, „schön istat grade auch nich,
Wenn daine Olle dich für doof hält."

„Anton", sachtä Cervinski, „sachtat nich.
Kumma, wenn daine Olle dich fürn Schlauen hält,
Dann geetat den ganzen Tach:
Unser Oska brauchen neun Tonnister,
Geema inne Statt kucken,
Oppse nichen preiswerten finn tuus;
Musse inne Statt rumklabastern.
Un wennse dich für doof hält,
Geezze selbers.

Oda: Geema im Keller kucken,
Oppfer mit unsere Kooln auskomm;
Musse im Keller kucken,
Opp noch genuch Kooln da sint.
Hälze dich für doof,
Geezze selbers.

Oda: Geema im Konsum
Mammelade un Grissmeel holn.
Hälze dich für doof.
Geezze selbers, wailse maint,
Dazze dich anschmiern täten.

Oda: Tuuma im Gaaten die Laine spann,
Heute is schönet Wetter für Wäsche trocknen;
Hälze dich für doof,
Tuuzet selbers, wailze maint,
Dattedatt nich richtich machs.

Kuck, so geetat den ganzen Tach,
Wenn daine Olle dich fürn Schlauen hält.
Hälze dich aber fürn Doowen,
Kuck, Anton, da hasset fiel besser,
Hassen ganzen Tach deine Ruhe,
Kannze prima auffe Kautsch liegen,
Zigarette schmöken und Radio hörn.

Kuck, müsstesse ja richtich n Doowen sain,
Wennze dich fon daine Olle
Nich für doof halten lassen täz."

Dann erzählsse fon deine Weweekes

„Anton", sachtä Cervinski für mich,
„Wennze schomma bein Dokter biss,
Wie kommsse mit den Dokter zurecht?"

„Watt heisst, wie kommsse zurecht", sarich,
„Fraachzich, wie dä Dokter mit mich zurecht kommt."

„Eem, Anton", sachtä Cervinski,
„Unta musse wachsam sein.
Anton, du tuusta for den Dokter sizzen,
Ärssma iser noch ganz freuntlich,
Nu, sachter, ‚Wo feeltet Sie denn?'
Dann erzählsse fon deine Weweekes,
Hier tuutet dich we, un da tuutet dich we,
Anton, un dann sezzter Dokter
Son lateinischet Gesicht auf, Anton,
Un denn musse aufpassen.
Datt ärste, watter dich fraacht, is:
‚Rauchen Sie?'
Anton, un denn musse stur ‚nä' sagen,
Anton, watt mainze, watter zusammenzuckt!
Un datt zweite is, watter fraacht:
‚Trinken Sie?'
Anton, musse auch ‚nä' sagen.
Anton, un dann istat bei den Dokter
Mittat lateinische Gesicht alle!
Kannze richtich seen, wie er am überlegen is,
Donnerwetter, denkter Dokter, rauchen tuuter nich,

Trinken tuuter auch nich,
Dä Kärl scheint tazächlich watt zu ham,
Gezz musse dich doch fadammt anstrengen,
Datte ne widder gesunt kriss,
Mit Rauchen un Trinken fabieten allein,
Da scheinttat nich hinzuhaun.
Anton, na, un denn kanner ja ma zeigen,
Watter kann.

Anton, kannze seen, mussti Leute eem
In Schwierichkeiten bringen,
Dann tuunse watt für dich.“

Spannent wien Fussballspiel

„Anton", sachtä Cervinski für mich,
„Siesse lieber n junget Mätchen
Odern dicket Waip
Hintere Strassenbahn herlaufen?"

„Na, Mann", sarich, „dattistoch woll ambach,
Dattich liebern junget Mätchen
Hintere Strassenbahn herlaufen seh
Alzen dicket Waip."

„Anton", sachtä Cervinski, „sachtat nich.
Kumma, wennen junget Mätchen
Hintere Strassenbahn am herlaufen is,
Kannze Gift drauf neem,
Datter Schaffner nich är apbimmeln tuut,
Alz bis datt Mätchen inne Strassenbahn is.
Dä Schaffner tuuze am Häntken packen,
Ruckzuck isse inne Strassenbahn
Un tuuten Schaffner anlächeln,
Datter auf ihr mitti Strassenbahn watten taat,
Un der Schaffner hazzain Spass dadran,
Un du? Du hass nix dafon.

Kuck, aber wenn son dicket Waip
Hinter die Strassenbahn am herlaufen is,
Da hasse watt fon!
Kumma, ärssenz istatt spannent wien Fussballspiel,
Oppti Olle die Strassenbahn noch mittkricht,

Wail datti dicke Olle natürlich
Nich so fäckeln kann wien junget Mätchen,
Untä Schaffner wegen sonne dicke Olle
Kaine Faspäätunk kriegen will –,
Kannze mittich sälps wetten,
Krichzese oder krichzese nich?

Un zwaitens istatt auch zum Lachen,
Wenn sonne dicke Olle mal in Schwunk kommt,
Waisse so richtig bimm-bumm, bimm-bumm,
bimm-bumm,
Ärss die aine Saite un dann die andre Saite,
Wiese mitti Stempels auf datt Flaster haut.

Kuck, wennen junget Mätchen hinter die Strassenbahn
Herrennen tuut,
Da hatt nur der Schaffner Spass dran.
Aber wenn sonne dicke Olle am rennen is,
Da hatt der Schaffner kain Spass dran,
Wailer Anx for die Faspäätunk hat,
Un die Olle nich, wailse ausse Puste kommt,
Aber sälps, da hasse Spass dran,
Wenn de dazzo sehen tuuss.

Un kuck, deshalp iset fiel besser
Du siess ne dicke Olle
Alzen junget Mätchen hintere Strassenbahn herrenn!"

Aima inne Woche „Här"

„Anton", sachtä Cervinski für mich,
„Tuusse aintlich gärn abeiten?"
„Gärn abeiten? Mann", sarich,
„Gärn abeiten? Ich kammich watt forstellen,
Wattich gärner tu."
„Eem, Anton", sachtä Cervinski,
„Aber ezzoll Leute geem, die tazächlich gärn abeiten.
Anton, aber ich glauptat nich.
Die sowatt sagen, dazzint entweder Angebers,
Oder se sint nich ganz gescheit,
Oder direkte Lügners,
Oder da stimmt watt anderet nich.
Watten richtigen Seegers is,
Dä tuut nur abeiten wegen Safetti first,
Datter die Kohln im Keller hat
Un sonntachs seinen Bello inne Fanne,
Un datter sich auma nach Schicht
Den Kehlkopp appspülen kann,
Anton, dafür tuuten richtigen Seegers abeiten,
Un datter aima inne Woche mit ‚Här' angeredet wirt."
„Aima inne Woche mit ‚Här'", sarich,
„Wieso aima inne Woche mit ‚Här'?"
„Istoch ganz kla, Anton", sachtä Cervinski,
„Aima inne Woche wirsse mit ‚Här' angereedet.
Wennze fom Appschlach nach Hause komms,
Un hass noch die Tür inne Hant,
Steeti Olle da un reedet dich mit ‚Här' an –
'Här mittat Moos!'"

Hühnerstall am streichen

„Ämmil", sarich für den Cervinski,
„Watt istenn mit euern Hühnerstall los?
Linx isser fein gestrichen, un rechz
Da is blossen grossen Klax drauf,
Willze dazzo lassen?"

„Anton", sachtä Cervinski für mich,
„Datt isso un datt bleipzo!
Anton, ich ste gestern im Hof,
Un bin den Hühnerstall am streichen,
Un meine Olle licht im Fenster un kuckzu.
‚Linx oom fehlt noch wat', sachze.
Ich streich linx oom.
‚Inne Mitte übere Tür fehlt aunowat', sachze.
Ich streich inne Mitte übere Tür.
‚Unter dat Fenster musse aunowatt hintun', sachze.
Ich tu unter dat Fenster wat hin.
‚Tu nich so fiel inne Ritzen', sachze,
‚Faabe is teuer.'
Ich streich mitten trocknen Pinsel ausse Rizzen raus.
‚Wo dat Gitter angenagelt is, da musse fiel hintun', sachze.
Ich streich dick über dat Gitter.
‚Streich dattma glatt an den dicken Balken', sachze,
‚Dazzietja aus, alz wenn die Ratten da rübbergekrabbelt wärn.'
Ich streich dat glatt über den dicken Balken.
‚An die Kante musse aunoch streichen', sachze,
‚Sonnz reechnet datturch un dann faultat.'

Ich streich an die Kante.
‚Un wennze gezzti andere Seite streichs', sachze,
‚Dann tunich immer auf aima sofiel Faabe am Pinsel,
Sonnz läuftichtat alle auffe Erde.'

Anton", sachtä Cervinski, „un dafon kommtat,
Datt unser Hühnerstall linx fein gestrichen is,
Un rechz blossen grossen Klax drauf is.
Dat is nämlich die Stelle,
Wo ich den Faampott
Gegen den Hühnerstall geknallt happ."

Dattat wunderschön klatschen muß

„Anton“, sachtä Cervinski für mich,
„Aintlich istich doch nix so ärgerlich,
Als wennze watt fapasst hass,
Woosse Spass dran hass.“

„Datt stimpt“, sarich, „wattich so durche Lappen
gegangen is,
Da krisse auch später immer noch Rochus über.“

„Anton“, sachta Cervinski, „gestern wa ich
Bei unser dicke Tante Matta,
Un die wa im Gaaten am Kappes am flanzen,
Un tuutabei n Gesicht machen,
Alz wennse kleine Kinder fressen will.
‚Tach, Tante Matta‘, sarich, ‚watt is mittich?
Die Kappesflanzen sintoch ganz prima.‘
‚Sicher sinti prima, Junge‘, sachze,
‚Un Dünger is auch genuch inne Ärde,
Watt mainze, wattat im Härps fürn Kappes is.
Aber dattiset eem‘, sachze,
‚Unta kannich mich gezz schon drüber ärgern,
Hier läufzonne fadammte Bande fon Jungens rum,
Geeden einzelnen fon die, die sollte dä Teufel
Mittne glüünde Gabel im Hintern stechen,
Wenn datt hierma widder dicke Kappesköppe sint.
Watt machti Bande?
Kannze noch so aufpassen,
Mit Flizzebogen un Feile schiessense übern Zaun im Kappes.
Kannze fasteen, dattich gezz schon Ärger happ?‘

Na Anton", sachtä Cervinski,
„Un alz ichta fon unser dicke Tante Matta
Widder am Wechgeen wa,
Da happich da ma so drüber nachgedacht.
Anton, un wir ham uns Feuerpötte gemacht,
Un bei den Lärrer die unreifen Stachelbeern geklaut,
Un sonntachs auffen Neubau Steine im Kamin geschmissen,
Aber mitten Feil unnen Flizzebogen im Kappes?
Datt is uns eem nich eingefallen, Anton,
Un ich kammich forstellen,
Dattatt wunderschön klatschen muss,
Wennze so mitten Feil unnen stramm Flizzebogen,
So kapaaftich in son dicken fetten Kappeskopp schiesst.

Anton, kannze seen, fapasste Gelegenheiten,
Tisen Jammer, datt unztatt damals nich eingefallen is."

Un wennze nachen Zaanaaz geess . . .

„Anton“, sachtä Cervinski für mich,
„Watte machs im Leem, datt machsse falsch,
Wie kommtat bloss, datt man gern inne Kneipe,
Aber mitten Riesenbammel nachen Zaanaaz geet?“

„Mann“, sarich zune, „Mann!
Bei dich sizzen woll nich alle Hühner auffe Stange?
Dat istoch woll ganz klar,
Datte lieber inne Kneipe als nachen Zaanaaz geess!“

„Wieso istat kla, Anton“, sachtä Cervinski,
„Türlich, wennze unterweechs bis nach Taumfatters Jupp,
Da hasse schon datt Pilz for Augen un den Steinhäger,
Diesse dich hintern Lazz knallen wills,
Un wattatt mitti Kolleegen fürn schöön Aamt wirt,
Na, un dann?
Dann hassen Kopp wien Kürbis,
Un an jede Wimper hänktich ne Ameise,
Unti Olle lichtich inne Orn,
Watt fürn ausgekochten Gummihunt du biss –,
Anton, so istat un nich anders!

Un wennze nachen Zaanaaz geess,
Härdumainzleems, denxe, datt wirt watt!
Wie er dich gezz die Schnauze poliern wirt,
Un mitteen fadammten Bohrer an die Zääne rumfunkt,
Datte mainz, ainer tätich mitten Schweissbrenner kizzeln,
Na, un dann?

Dann bisse färtich, un der fadammte olle Backenzaan,
Dä tutich nich mehr weh,
Unti Sonne schainzo schöön,
Un alle Menschen auffe Strasse sinzo fröhlich,
Un deine Olle sacht: ‚Aam Ämmil,
Wattu allet ausgehalten hass!

Na, nu kannze ja widder allet essen,
Ich happ dich auchen schön Schockeladenpuddink
gemacht!‘

Anton“, sachtä Cervinski, „so istat un nich anders,
Un deswegen fastee ich datt nich,
Datte lieber inne Kneipe alz nachen Zaanaaz geess!“

Eine, die Banaan auffe Butters tut

„Anton", sachtä Cervinski für mich,
„Mainze nich auch, dattatt watt mit Leemsfilosoffi zu tun hat,
Wenn sich eine Banaan auffe Butters tut?"

„Banaan auffe Butters?" sarich, „wennset mach –
Kann doch jeder machen watter will."

„Dattja, Anton", sachtä Cervinski,
„Datt mainich ja auch nich, datt mittat Mögen,
Ich mein datt mitti Filosoffi.
Anton, wenne Suppe fasalzen is,
Dann is nich hier watt fasalzen oder da,
Nä, dann isse ganz fasalzen.
Anton, un wenn sich eine Banaan auffe Butters tut,
Anton, dann kannze sicher sein,
Dazze auch inne Gimnastik geet,
Oder soga fon Ballett kwatscht,
Oder dazze mit O de Kolochne gurgelt
Oder fon grüne Tellers essen will.

Anton, wennze so eine mitkriss,
Watt mainze, watte mitti Zeit für faquillte Augen hass,
Anstatt, dazze dich die Strümfe stoppt,
Mussen Fussmaasch von achtzich Kilometer machen,
Oder anstatt, dazze dichen Kottlett inne Fanne haut,
Musse roten Kappes mit Saane un Kurri essen,
Un jeden Aamt musse dich die Füsse in kalt Wasser waschen,
Anton, so istatt mit eine, die sich Banaan auffe Butters tut.

Anton, un gezz siesse datt mitti Leemsfilosoffi,
Wenn datt an datt eine Ende nich stimmt,
Dann stimmtat eem auch an dat andere nich –

Wenn sich eine Banaan auffe Butters haut,
Anton, blaip fon se wech."

Wennze inne Gefaanzone leeps

„Anton“, sachtä Cervinski für mich,
„Watt wirklich Unangeneemet, weisse wattat is?
Wennze inne Gefaanzone leeps.“

„Datt stimmt“, sarich, „aber wie mainze datt?
Mainze datt im Kollbärch oder dattat n Ärtbeem gippt?“

„So doch nicht, Anton“, sachtä Cervinski,
„Aber wennzema zu Hause rumsizzen tuuss,
Un dat is draussen so am niseln un nix los,
Dann sachsse schomma zu die Olle:
‚Ach watt, ich geema zu Taumfatters Jupp
Un tu michen Bier trinken‘.
Dann sachti Olle: ‚Dein ain Glas Bier,
Datt kennich!
Datt wern woll widder zehn wärn,
Datte widder Feilchen spieln tuuss,
Wennze nach Hause komms!‘

‚Nix‘, sachse dann, ‚gaanix!
Ain oder zwai Glas Bier fon wegen gegen den Durst!‘

Un dann tuusse bei Taumfatters Jupp sizzen,
Ganz allein an sonn Tisch,
Un dann geetat los mitti Gefaanzone:
Hoffentlich kommt gezz nich ain fom Taumfa-ain,
Dä Backhaus oder dä Döllmann oder dä dünne Wärner,
Hoffentlich nich!
Aber Gott geeps!

Tuusse ne halbe Stunde sizzen,
Trinx zwai Glas Bier – kein ain kommt!
Na, denxe, gezz kannze aber die Olle ma zeigen,
Watte fürn stabilen Hunt biss,
‚Ärwin‘, sachsse für den Ärwin,
‚Mach mich Kurs, un dann is Sense!‘

Anton, un grade hasse datt Kleingelt
Inne Tasche gestoppt,
Da geeti Tür auf, un wer kommt rein?
Dä Backhaus untä Döllmann un dä dünne Wärner –
Paff! Bisse inne Gefaanzone untergegangen!

Watt willze dagegen machen, Anton?
Gefaanzone is Gefaanzone –
Untne Schanx, deine Olle datt klaazumachen,
Die hasse eem nich!“

Datt bisse sälps in schult

„Anton", sachtä Cervinski für mich,
„Mainze nich auch, dattat n Mann
Fiel schwerer auffe Welt hat alzne Frau?"

„Tja", sarich, „ich mein,
Geeder hazzein Päxken zu schleppen."

„Geeder, Anton?" sachtä Cervinski,
„Alz Mann, Anton, da musse den ganzen Tach
Auffen Pütt schwer malochen,
Unti Frau? Datt bissken Hausabeit?
Datt bissken waschen?
Datt bissken Essen kochen,
Un datt bissken Wohnunk sauber machen?
Anton, watt istattenn schon?

Anton, un wennze fon Schicht nach Hause komms,
Dann heisstat auch noch oomdrein,
Ämmil hier un Ämmil da,
Ämmil, trach michma den Wäschekorp auffen Boden,
Ämmil, holmichma Holz aussen Keller,
Ämmil, machma den Kaninstall sauber,
Ämmil, reparier ma dat Türschloss,
Ämmil, die Ofenfeife muss gepottloht wern,
So geetat den ganzen Tach.

Anton, un mainze, dattat wat gilt?
Wennze auffe Bodentreppe stolpers,
Dann heisstat: Datt bisse sälps in schult!

Wennze dich im Keller den Kopp stösst:
Dat bisse sälps in schult!
Un wennze dich mit den Hammer auffen Finger hauss,
Datt bisse sälps in schult!
Allet bisse aunoch oomdrein sälps in schult."

„Na", sarich für den Cervinski,
„Dann hilftich nur eins,
Wennze nommal auffe Welt komms,
Dann kommsse einfach alz Frau auffe Welt."

„Anton", sachtä Cervinski, „dat is ja dat Farrückte,
Unta happich auschomma dran gedacht,
Dattat dat beste wär,
Aber dat passt ein ja eem aunich,
Wennzen zweitet Mal auffe Welt kommss,
Willze ja eem auch widder
Lieber als Mann auffe Welt kommm."

Watt annen Mann schön is

„Anton“, sachtä Cervinski für mich,
„Richtich schön is ja son Mann aintlich nich,
Un datter schöner wirt, wenner älter wirt,
Dat kannze aunich sagen,
Aber weisse, wat schön an ihm is?“

‚Na“, sarich, „wazzolldenn schön an ihm sein?“

„Anton“, sachtä Cervinski, „neulich,
Da traf ich dat Hänsken Grabowski widder,
Untä is filaicht dick geworn!
‚Junge‘, sarich für dat Hänsken,
‚Wat hastu fürne Wampe gekricht!
Pass auf, dattichti Pelle nich plazzen tut,
Wennze nachz die Augen zumachs!‘
‚Ämmil‘, sachtat Hänsken Grabowski,
‚Datt kommzo, wie dat kommt,
Unserein isja aunich zu faul zum Essen,
Un fümf Teller Ärpsensuppe mitne Mettwurst drin,
Da mach ich mich nich bange für.
Kommit, ich geep ein aus bei Taumfatters Jupp.‘

Anton“, sachtä Cervinski, „un ein Tach später,
Da treff ich die Frietchen Kniepmann,
Unti Frietchen, die wa früher son schlanket Dier,
Un die is inne Breite gegangen!
‚Mätchen‘, sarich für ihr,
‚Du bis aber gut durchen Winter gekomm!

Dat macht ja die Fensterscheim am zittern,
Wennze so stramm übert Trottoa geess.'
Anton, unta kuckt mich die Frietchen an,
Alz wennse mich überhaupt nich mehr kenn tut,
,Du hass wollen Kaiser gesehn', sachze,
Un lässt mir stehn.

Kannze sehn, watt annen Mann schön is, Anton,
Wenner dick geworn is, untu sachsne dat,
Dann gippter ein aus.
Aber isne Frau dick geworn.
Untu sachse dat,
Dann behandelze dir,
Alz wennze die Krätze hass."

Kucktich bloss ma die Mätchen an

„Anton", sachtä Cervinski für mich,
„Neulich wa ich ma widder
Bei unser dicke Tante Matta,
Watt mainze, wattichta
Über die schlechte Welt zu hörn gekricht happ.

‚Kucktich bloss mur ma die Mätchen an',
Sacht unser dicke Tante Matta,
‚Kein Wunder, datte keine finnz,
Die dichma beim Kattoffelausmachen hilft!
Dat schaat mein Täng, sagense,
Unta brechen die Rotlackierten app!
Un mitti Strümfe, die se tragen,
Un wazze fürne Pisöttkes anham,
Sonne Stöckelschu,
Dazze immer inne Dielenrizzen stecken bleim.
Mizzowat kannze ja auch nich
Auffen Kattoffelfelt gehn.
Zwei rechz, zwei linx,
Wie wir dat früher getragen ham,
Dazziehtoch keine mehr an,
Datt krazzt mich so anne Beine, sagen se.

Isja auch kein Wunder, dazze so sint',
Sacht unser dicke Tante Matta,
‚Wennzese watt Anständiget forsezzen tuuss,
Sauerkraut mit weisse Bohn,
Oder Stielmus mit Bauchspeck drin,

Nä, datt mach ich nich,
Datt is mich zu fett,
Dafon krichich Pickels.

Wofon sollnse denn auch wat inne Mauke kriegen,
Wennse nur sonne Himpamperei essen tun,
Ragufäng un geaiste Tomaten un Saddellen mit Ei,
Da kannze ja aunich falangen,
Dazze dich ma n Aam foll Holz
Aussen Schuppen holen.'

Anton", sachtä Cervinski,
„Dazzacht unser dicke Tante Matta,
Un dazze recht hat, is kla,
Aber dat Komische is, datte se
Wennze ährlich bis, kein Recht geem tuus.
Anton, watten fanümftigen Mann is,
Dä hattoch lieber den Löffel im Puddink,
Un tuzich lieber son leckern Dozz ankucken.
Mitten bisken Rusch auffe Lippen
Un son kesset Lachen inne Augen,
Alz eine, die mit zwei rechz, zwei linx
Sofiel inne Mauke hat,
Dazze n Sack Kattoffel auffen Ast nimmt."

Un dazzoll Haupstatt wern?

„Anton“, sachtä Cervinski für mich,
„Hasse datt gehört, datt wir gezz im Kohlenpott
Auch ne Haupstatt kriegen?“

„Warum nich“, sarich, „geedet Stück Pottlant,
Wo die Gänse am schnattern sint,
Hatja heute ne Haupstatt,
Warum solln wir nich im Kohlenpott
Auch ne Haupstatt ham?“

„Eem, Anton, eem“, sachtä Cervinski,
„Bloss dattatt Ärger gippt, Anton,
Wennse sich die falsche aussuchen.
Un ich mein, Anton, die Haupstatt fom Kohlenpott,
Die muss nach Bottrop oder nach Wanne
Oder nach Wattenscheit oder sonnzwo
In son kleinet Kaff.
Stelldich ma for, die tun Essen
Für die Haupstatt fom Kohlenpott machen,
Watt sagen die Dorttmunder?
Watt, Essen? Ich soll mich
Fon son doowen Essener watt sagen lassen?
Un überhaupz, woosse in Essen
Überhaupz kein Paakplazz finnz,
Un dazzoll Haupstatt wern?
Oder watt sagen die Düsburger?
Essen? Nu geh michtoch wech mit die,
Wo die nonima n Zoo ham?

Oder gezz tunse die Haupstatt nach Düsburch,
Wazzagen die Essener?
Watt, Düsburch? Die sint woll maff?
Wo aams um elf die Kneipen schon alle zu sint,
Un wo se Ulligen sagen, wennse son Klein mein,
Nä, fon son Düsburger lassich mich nix sagen!

Oder gezz tunse die Haupstatt nach Bochum,
Watt sagen die Gelsenkirchener?
Watt, Bochum? Die sint woll forn Schrank gelaufen,
Die solln in Bochum ärssma Fussballspieln lärn,
Als dazze sich als Haupstätter aufspieln.

Kannze seen, dattat Ärger gippt, Anton,
Tunse die Haupstatt nach Gelsenkirchen,
Is allet am meckern, Gelsenkirchen?
Woot sonne neue Aat fon Bärchschäden gippt,
Weil die ganze Statt am zittern is,
Opp Schalke appsteicht oder nich –,
Gippt Ärger, Anton, gippt überall Ärger.
Un deswegen muß die Haupstatt fom Kohlenpott
Nach Glattbeck oder nach Härne.

Stelldich for, Anton, die Haupstatt is in Härne,
Wazzagense alle?
Äch son klein Härner! Nu lass ihm schon,
Wazzon klein Härner auch schon sagen tut,
Kanner ruich die Regierunk im Nacken ham,
Brauchse nich fiel nach geen."

Unsereinen, dä hazzeine Olle

„Anton", sachtä Cervinski für mich,
„Istatt nich komisch, wie umständlich datt is,
Wennze so richtich forneem sein willz?"

„Sicher", sarich, „Umstant is Umstant,
Aber wennset so ham wollen,
Warum sollnset nich so ham wolln?"

„Türlich", sachtä Cervinski, „Jacke is Jacke,
Unsereinen, Anton, dä hazzeine Olle
Un sacht Mutter für ihr.
Dä Steiger Wilms, Anton,
Dä hatt aber schon ne Frau,
Un dä Betriepsführer, dä hattne Gattin,
Un watter Direktor is, Anton,
Dä hattne Frau Gemahlin.

Unnu geetat los, Anton.
Wenn de Direktor samstachs nach Hause kommpt,
Watt saachter?
‚Dattis abern Schlangenfrass,
Watt Frau Gemahlin michta forsezzen.'
Na, und wenn de Betriepsführer nach Hause kommpt:
‚Mann, Mann, meine liebe Gattin,
Ich mein, du häzz mich auschomma
Watt Besseret auffen Teller gescheppt.'
Un wenn dä Steiger Wilms nach Hause kommpt,
Watt sachter?

‚Frau, ich seh ja ein,
Dattetma Wurzeln durchenander geem muss,
Aber geeden Samstach, Frau?‘

Anton, kannze seen, wie umständlich datt is.
Anton, wenn unsereinen nach Hause kommpt,
Wie schön un wie aimfach istatt.
‚Mutter‘, sachse, ‚Mutter,
Datt wa ma widder Klasse
Mitteine Ärpsensuppe, Mutter,
Wennze willz, Mutter, kannze geeden Samstachmittach
Sonne Ärpsensuppe auffen Tisch stellen,
Mich schmecktatt immer gut.‘“

Da freuze sich dat ganze Ja drauf

„Anton", sachtä Cervinski für mich,
„Freusse dich aintlich auf Weinachten?"

„Warum nich", sarich, „Weinachten istoch ganz schön."

„Datt ja", sachtä Cervinski,
„Ich happtat ja auch ganz gärn,
Wenn die Kinder forn Tannbaum stehn
Un in die Lichters kucken
Un am singen sint
Un rote Backen ham for Freude,
Dattis ganz schön am Heilichaamt.

Aber wenn Heilichaamt fobei is,
Dann kommpter erste Weinachztach,
Dann komm mittachs die Schwiegerollen zu Besuch,
Un dann geetat los
Mitti Geschenke bewundern.
Dann sacht meine Olle:
‚Kumma, wattich unsern Ämmil
Fürn schön Schlipps geschenkt happ,
Reine Seide un ganich teuer.'

Un aams ister Backhaus da mizzeine Olle,
‚Kumma, wattich unsern Ämmil
Fürn schön Schlipps geschenkt happ,
Reine Seide un ganich teuer.'
Un dann befummelt den Backhaus seine Olle den Schlips.

Un am andern Tach sint wir bei Onkel Gustaf,
‚Kumma, wat ich unsern Ämmil
Fürn schön Schlipps geschenkt happ,
Reine Seide un ganich teuer',
Dann befummelt Onkel Gustaf den Schlips.

Un nammitachs sint wir bei unser Kusine Käte,
‚Kumma, wattich unsern Ämmil
Fürn schön Schlipps geschenkt happ' –
Anton, du kannztat nich mehr hörn,
‚Reine Seide un ganich teuer.'"

„Mann", sarich für den Cervinski,
„Dann tu doch den Schlipps ganich mehr um."

„Datt kannze ja eem auch nich", sachtä Cervinski,
„Du kannztoch die Olle Weinachten nich faderm.
Dazze dichen Schlipps geschenkt hatt,
Reine Seide un ganich teuer,
Da hazze nix fon!
Aber dazze damit strunzen kann,
Dazze dichen Schlipps geschenkt hat,
Reine Seide un ganich teuer,
Da freuze sich dat ganze Ja drauf."

Sie liessen mir nich

„Anton", sacht meine Olle für mich,
„Sonntach hat Tante Frittchen
Sein sippzichsten Gebuzztach,
Da müssen wir auf Fisitte."

„Meinzwegen", sarich,
„Aber ärss mussich nachen Sportplazz,
Wenn die Junx datt gewinnn,
Dann steigense auf."

„Fögelken", sachti Olle,
„Aber nich, datte mich
Mit durchenanderet Ha ankommss
Oder schräch ausse Wäsche kux!"

„Nix“, sarich, „wenn datt Spiel alle is,
Kommich stantepe nach Tante Frittchen.“

Unti Junx gewinnn datt fümf zu einz!
„Anton“, sachtä Cervinski für mich,
„Ein müssenwer darauf falööten.“
„Aber nur ein“, sarich,
„Ich muß noch nach Tante Frittchen
Sein sippzichsten Gebuzztach.“

Un bei Taumfatters Jupp
Stehtä Kalla Backhaus anne Teeke,
Dattisen fein Kärl,
Un fon den krichich immer Hühnermist
Für die Gurken.
Dä Kalla gippt ein aus,
Dä Cervinski gippt ein aus,
Ich geep ein aus –
„Komm“, sachtä Backhaus,
„Ein nehmwer noch bei Fonnolz.“
„Aber nur ein“, sarich,
„Ich muss noch auf Tante Frittchen
Sein sippzichsten Gebuzztach.“

Un bei Fonnolz stehtä Maschinsteiger Wilms anne Teeke,
Datt isen fein Kärl,
Un ich sach du für den.
Na, dä Wilms gippt ein aus, Kalla gippt ein aus,

Dä Cervinski gippt ein aus, ich geep ein aus,
„Komm“, sachtä Wilms,
„Ain nehmwer noch bei Kanonfrizz.“

„Aber nur ein“, sarich,
„Ich muß noch auf Tante Frittchen
Sein sippzichsten Gebuzztach!“
Un bei Kanonfrizz stehtä Tärro Sittek anne Teeke,
Datisen fein Kärl . . .
. . . .
Ich weiß gaanich, watti Olle hat!
Ich wolltoch hin, nach Tante Frittchen
Sein sippzichsten Gebuzztach!
Watt kannich dafor,
Wenn se mir nich liessen!

Spass am Gaaten

„Anton", sachtä Cervinski für mich,
„Balt geetat widder los mit den Gaaten,
Un ich freu mich drauf,
Wie dazzo allet am waxen is,
Un dann hasse immer watt im Pott,
Frischet Stielmuss, un Ärpsen un Bohn,
Weisse, Anton, un dann musstatt allet
N bissken nett aussehn,
Wege sauber unn pa Blum anne Seite,
Kannze richtich Spass an son Gaaten ham."

„Sicher", sarich, „kannze Spass dran ham,
Aber isja auch fadammt fiel Abeit,
Da musse umgraam, da musse Mist fahn,
Un da musse Kattoffel legen,
Unta musse hacken, un an die Bohn sint Läuse,
Un dann datt fadammte Unkraut,
Fadammt fiel Abeit.
Kommsse fon Schicht, musse widder malochen,
Macht fiel Abeit, son Gaaten."

„Anton", sachtä Cervinski, „so machstu datt?
Datt machse ja auch ganz falsch,
Datt machse ganz fakeert,
Da kannze ja auch kein Spass an dein Gaaten ham
Mitti fiele Abeit.
Anton, du daafstich nich mehr Lant nehm
Als deine Olle umgraam kann, Anton,
Dann hasse Spass an dein Gaaten."

Die Gleichberechtigunk

„Anton", sachtä Cervinski für mich,
„Wat hälze aintlich
Fonne Gleichberechtigunk fonne Fraun?"

„Fonne Gleichberechtigunk fonne Fraun?" sarich,
„Nu, musse eem neem wiet is."

„Eem, Anton", sachtä Cervinski,
„Aber dä Angeschmierte,
Datt ister Mann.
Wenn mittachs fonne Kollraam
Noch wat übergebliem is,
Du bis pappsatt, die Blagen sint pappsatt,
Unti Olle is pappsatt,
Dann heisstat: ‚Isstat Schizzken donnochauf,
Dat kannichtoch nich im Pott lassen!'
Un wennze dann sachs: ‚Isstu dattoch auf!'
Dann heisstatt: ‚Ich? Son schwachet Waip?
Son staaken Mann wie du,
Dä kann dattoch noch fadrücken!'
Na, untu würchstich die Kollraam runter.

Aber wennze ma aams mitteine Olle inne Wirtschaft geess
Untu tuusse fragen: ‚Wat trinxe?'
Dann sachze: ‚Ich? Nix.'
Unter Ober brinktich dein Pilz,
Untu freustich so auf den ersten Schluck,
Dann hatti Olle dat Glas schon am Halz!

‚Wat', sarich, ‚ich denk, du trinx nix?'
‚Nä', sachze, ‚aber den ersten Schluck,
Den trinkich so gärn!'
‚Ich aber auch', sarich,
‚Na wat denn?' sachze, ‚dä steet mich
Jamma auma aima zu wie dich.'

Anton, kannze sehn", sachtä Cervinski,
„So machense dat mitti Gleichberechtigunk,
Wennse den letzten Happen nich ham wollen,
Dann musse den runterwürgen,
Aber wennse den ersten Schluck ham wolln,
Da sinnze fix mit bei die Hant."

Watt willze mitti Affen?

„Anton", sachtä Cervinski für mich,
„Wännich ma im Lotto gewonnn happ,
Hunderttausent Maak oder so,
Weisse, wattich dann mach?
Dann kauf ich mich Affen,
Zimmpansen oder Pafians oder wattezo gippt."

„Du Doowen", sarich,
„Watt wilze mitti Affen?"

„Datt willich dich sagen", sachtä Cervinski,
„Wennich die Affen happ,
Dann lass ich se hüppen,
Bei uns in Stoppenbärch auffen Maakplazz,
Ein hüppt auffen Kirchturm,
Ein inne Appelsinbude,
Un ein auffen Damlokus,
Unti andern hüppen inne Schrebergärtens,
Wohinse alle hüppen wollen."

„Mann", sarich, „watt hasse dafon,
Wennze die Affen hüppen lassen tuus?"

„Dattiso, Anton", sachtä Cervinski,
„Dä dicke Schuzzmann fon unsern Refier,
Dä muss nu hinterher,
Un all die Affens widder einfangen,
Von morns bis aams Affen fangen,

Un wazzon richtigen Affen is,
Dä hüpptich watt wech,
Dattä dicke Schuzzmann ganz ausse Puste kommt."

„Ja unt?" sarich, „watt hasse dafon,
Wenn dä Schuzzmann ausse Puste kommt?"

„Datt iset ja eem", sachtä Cervinski,
„Den Schuzzmann, den gönnich datt,
Dattistoch dä Schuzzmann,
Dä mich die zwei Maak fapasst hat,
Alz ich kein Licht am Farratt hatte,
Nu soller auch ausse Puste kommm,
Wenn die Affen am hüppen sint."

N dicken Grock un nochn Grock

„Anton“, sachtä Cervinski für mich,
„Son Schnuppen, mainze, datter watt taucht?“

„N Schnuppen watt taugen“, sarich,
„Hömma, wie sollen Schnuppen watt taugen?“

„Nu, Anton, kumma“, sachter Cervinski,
„Da hasse also n Schnuppen, un watt for ain,
Krankenschein, hin nachen Dokter,
Dä kricht schomma watt dafür,
Un dann inne Appoteeke, kricht auch watt dafür,
Dann alle die Leute, die die Pillen machen,
Un die datt Pappier machen für die Rezeppte,
Un alle die Leute, die die Pillen
Inne Appoteeke bringen.
Un dann die inne Drogerie,
Die die Hustenklümpkes machen,
Un dann sinta noch welche,
Die machen datt mit Pülverkes un mit Tee,
Un dann brauchse n waam Schaal für um Halz,
Anton, die den waam Schaal machen,
Die kriegen auch watt dafür,
Un die, die die Schaafe ham für die Wolle,
Un dann unser dicke Tante Matta, Anton,
Die hatta son altet Hausmittel,
Zwiebelschaln mit Honich kochen,
Anton, die die Zwiebel machen
Un die, die den Honich machen, Anton –

Wennze datt allet bedenx,
Watt fon son Schnuppen inne Welt leept,
Anton, un da soll son Schnuppen nix taugen?

Anton, un dann datt wichtichste,
Geema mitten Schnuppen nach Taumfatters Jupp,
Watti Ärna dich allet kla macht übern Schnuppen,
N dicken Grock un nochen Grock
Un siem, acht Steinhägerkes –
Anton, watt mainze, watti Ärna allet kassiert
Fon dein Schnuppen!
Anton, Schnuppen, datt isne Industrie,
Da is Krupp nix gegen!"

X- und O-Beine

„Anton", sachtä Cervinski für mich,
„Wennze schomma keine graden Beine hass,
„Würze dann lieber X-
Oder würze lieber O-Beine ham wollen?"

„Watten Kwatsch", sarich,
„Datt istoch woll piepegal."

„Datt is eem nich piepegal", sachtä Cervinski,
„Ich happtoch numma bissken O-Beine,
Untä Backhaus, dä hatt ganz schöne X-Beine.
Anton, wennich mit den Backhaus auffen Sportplazz bin,
Unta isson Gedränge,
Anton, dann passiert mich nix,
Aber den Backhaus, den tretense ständich auffe Füsse,
Weil datter die so weit rausstrecken tut,
Un bei mich könnse die Füsse nich treffen,
Weil die eem mehr innen sint.
Anton, da iset ganz gut, wennze O-Beine hass.

Aber wennich mit den Backhaus ein geplästert happ,
Datt wir so richtich ein inne Hacken ham,
Un wenn wir dann nach Hause wackeln,
Dann hatter Backhaus datt fiel besser alz ich.
Anton, wennze oom n dicken Kopp hass,
Un unten O-Beine,
Dann kannze datt schlecht ausblanxieren,
Datt is aimfach zu kopplastich,

Untu tuuss fon eine Ecke in die andre schiessen.
Anton, aber wennze X-Beine hass,
Datt is wiene Bremse,
Wennze da nache Seite stolpern tuuss,
Da istich immer dat X-Bein im Wege,
Datte aimfach nich stolpern kannz.

Anton, deshalp istat eem nich piepegal,
Wennze schon keine graden Beine hass,
Oppte lieber X- oder lieber O-Beine ham willz."

Wennze dich sonntachs fein machs

„Anton", sachtä Cervinski für mich,
„Wennze dich sonntachs fein machs,
Daafse dann anziehn, watte willz?"

„Türlich", sarich, „ich zie datt an,
Watt meine Frau mich färtich gemacht hat."

„Datt iset ja eem", sachtä Cervinski,
„Watt deine Frau dich färtich macht!
Anton, wennich mich sonntachs fein mach,
Dann fänktatt schon mittat Hempt an.
Wennich mich dat Hellgrüne aussen Schrank nehm,
Dann geetatt los: ‚Watt – datt?
Ich glaubetich wohl!
Für dein Taumfa-ain tuutet auch dat Lilane.'
‚Dat Lilane', sarich, ‚dazzizzt mich so pleck am Halz.'
‚So pleck am Halz? Hasse wohl Anx,
Dazzich datt Bier staun tuut,
Wennet den Halz runterläuft, wat?
Dann zie wenichstens dat Hellgraue an.'

‚Datt Hellgraue? Datt istoch wat für im Winter,
Unnich für gezz, wo et noch waam is.
Dann zie ich dat Weisse an.'

‚Dat Weisse krazztich man ganz fonne Backe,
Nächsten Sonntach sint wir bei Tante Matta,
Unta sollze mich aunich rumlaufen wien Hottentottenfranz!
Los, zieh dat Lilane an.'

Anton, da bisse nun son staaken Mann,
Dä auffen Koolbärch seine Meters macht,
Unnen Klafier im sexten Stock tragen tuut,
Watt willze machen, wenn son schwachet Waip
wat sacht, –
Anton, ich happtat Lilane angezogen."

Ich happ eem heute mein Fresstach

„Anton", sachtä Cervinski für mich,
„Kannze dich aintlich forstelln,
Datte mit Kohldamf-Schiem Spass kriegen kannz?"
„Na", sarich, „mit Kohldamf-Schiem Spass kriegen,
In Indien, da sollt sowatt geem,
Mitti Bettelmönche unti Joogas,
Kann sein, datti da Spass dran ham."

„Anton", sachtä Cervinski, „nich nur in Indien,
Nä, auch bei uns, Anton.
Anton, dä Backhaus, dä hattoch ne Schwester,
Sonne Schwatte, Knäckebrot-Bläcki sagense for ihr,
Aber is sonnz n ganz lecker Schäzzken,
Un is forne watt dran un hinten watt dran,
Aber wennze die ma triffs,
Watt zählze dich for?
‚Gezz nochne Hant foll rohet Sauerkraut,
Un heute aamt drei Löffel Kwaak,
Un drei getrocknete Flaum,
Widder dreihundert Kallorien gespaat.'

Anton, un neulich in son Kaufhaus,
Im Erfrischunxraum, wer sizzt am Tisch?
Zwei Knackwürstkes auffen Teller,
Un nochen Teller mitten Schnittchen gekochten Schinken,
Un nochen Teller mit Mett un Käsebrötchen –
Knäckebrot-Bläcki!

‚Mann', sarich für ihr, ‚Bläcki,
Ich mein, du tääz nur fon Süsstoff un Petersilie leem,
Un gezz hasse son Gedinge-Schlepper-Frühstück for dich,
Bläcki, datt fasteh ich aber ganz un gaanich.'

‚Fasteesse datt nich', sachze un grinzt,
‚Aber datt istoch ganz aimfach,
Ich happ eem heute mein Fresstach,
Un wennich ährlich sein soll,
So täätich am liepsten geen Tach Fresstach machen,
Aber datt hält eem die beste Tallje nich aus,
Kannze seen, un deswegen happich immer
Son Spass am Kohldamf-Schiem.
Ge mehr ich inne Woche an Kallorien gespaat happ,
Juppheidi,
Desto safftiger kann ich mich mein Fresstach machen'."

Dann istat mehr n weichen Willem

„Anton", sachtä Cervinski für mich,
„Wennzema mitten Mätchen Krach kriss,
Willze dann lieber mitten tofftet
Oder mitten schäbiget Mätchen Krach kriegen?"

„Na Mann", sarich, „wenn schon Krach,
Dann auch mitten schäbiget Mätchen."

„Ganz falsch, Anton", sachtä Cervinski,
„Anton, ich bin da bei Taumfatters Jupp,
Un willma eem woirgent hin,
Unta sizzta so eine mitten blöhet Kleit,
Ne ganz schäbbige Alte,
Un trinkzichen Aierlikör,
Un ich kipp aus Fasehn den Aierlikör
Über dat blöhe Kleit!
Gozzmisecki, wat mainze, watta los wa!
‚Sie ham woll ne Karre Kies inne Augen!'
Anton, so peest mich die Alte an,
‚Müssense sich mit ihren Schlabberkörper
Pattu hier so na an mein Tisch forbeiklemmm?'

‚Ninaritschi, halt den Rock fest', sarich,
‚Wat kann ich dazu, dattich linx nur ein Aam happ.
Stellnse doch Irn doowen Aierlikör
Nich so dicht am Rant!'

Na, da gink dat los, Anton, unti Alte,
Die dreht mich dat Hempt auf linx,

So waase im Brast,
Un ich happ gemacht, dattich da weck kam.

Anton, wenn da aber nu
Son lecker Herzken gesessen hätte,
Meinzwegen auch mitten blöhet Kleit,
Un dann Aierlikör drauf, unti hätt mir angepeest,
Anton, weisse, wattich dann gesacht hätte?
‚Zuckerpuppe', hättich gesacht,
‚Klatsch mich, ich bin der Puddink,
Un ich will auch gezz drei Tage lank
Durchgezogene Krautkniften essen,
So leit tut mich dat mit den Aierlikör;
Komm, krissen neun Aierlikör,
Un auch noch ne Tafel Schockelade,
Wennze ma widder frietlich biss.'

Anton", sachtä Cervinski,
„Wennze mitne Schäbbige Krach kriss,
Dann istat Krach!
Aber wennze mitne Toffte Krach kriss,
Dann istat kein richtigen Krach,
Dann istat mehr son weichen Willem."

In Bonn heistat Wange

„Anton", sachtä Cervinski für mich,
„Wennze in Bonn woonz,
Bisse dann forneemer, alz wennze
In Walsum oder in Lüttchenbümmel
Oder in Stoppenbärch woon tuus?"

„Watten Kwatsch", sarich, „wat hattat
Damit zu tun woosse woon tuus?"

„Dat hat wat damit zu tun", sachtä Cervinski,
„Unser dicke Tante Matta, die hatne Nichte,
Die is mit ein faheirat,
Dä wa früher auffen Amt in Langendreer,
Un is gezz irgenzowatt bei irgentwatt in Bonn,
Anton, unti wa neulich zu Besuch.
Anton, datt wa ne Tuherei, dazze in Bonn woont!
‚Schrecklich', sachze,
‚Watt man sich hier bieten lassen muss!
Ich wa in ein Daamsalong un sach zu die Frisöse,
Datt ich so erstaunlich blass im Gesicht bin,
Unta sachti Frisöse: Gnätsche Frau,
Tunse sich etwas Rusch auf die Backe!
Schrecklich!'
‚Kristine', sarich zu dat Mätchen,
‚Wat istenn dadran denn so schrecklich?'

‚Na, hömma', sachze, ‚Backe!
Dat heisst Wange! In Bonn heisstat Wange!'

‚Na, Backe is Backe', sarich,
‚Warum heistattenn in Bonn Wange?'

‚Fui', sachtat Mätchen, ‚sowat Ordinäret!
Bei ne Dame aus Bonn kannze nich von Backe sprechen!
Bei ne Backe kannze allet Mööchliche unter fastehn!'

‚Ach so', sarich, ‚aber wennze dich in Bonn
N Backenzahn ziehn lassen willz,
Wo musster Zahnaaz dann mitti Zange hin?'"

Watt an datt
Aame-Sünder-Tischken sizz

„Anton", sachtä Cervinski für mich,
„Istatt nich doll, wie sich die Zeiten ändern?"

„Sicher", sarich, „tunsich die Zeiten ändern,
Aber datt tatense immer schon."

„Aber nich so doll wie gezz", sachtä Cervinski.
„Anton, wennze früher bei Taumfatters Jupp rain kaams,
Da stannense anne Teeke,
Weisse, den Daum so hintern Hosenträger,
Damit tatense rauf un runter ratschen,
‚Ärna', tatense sagen, ‚watt schmecktatt Pilz widder lecker,
Zapf mich noch ein, un klein Steinhäger bei,
Jajaja, man musstatt Leem eem geniessen.'
Un dann tatense auf den klein Tisch inne Ecke kucken,
Weisse, so: ‚Watt tut ihr denn aintlich hier?'
Da taten die Dünn un Labbrigen sizzen,
Weisse, die mit den fakniffenen Blick inne Augen,
Un mittat schlechte Gewissen hinter de Orn,
Solln wer noch ein? Dürfen wer noch ein? Könn wer noch ein?
Anton, un watta anne Teeke stant,
Datt waan die Autobesizzer,
Un watt an den klein Tisch sass,
Datt waan die miesen Fussgängers.

Anton, unnu komma heute bei Taumfatters Jupp rein,
Da steense auch anne Teeke,

So mit den Daum hintern Hosenträger:
‚Dunnerkiel, Ärna, datt Pilz heute,
So watt Leckeret, na so Stücker zehn,
Un pa Steinhägers bei, datt steet mich gut zu Gesicht‘,
Un dann kuckense inne Ecke auf den klein Tisch,
Un da sizzense auch, Hant über de Augen,
Schäle Blicke nach linx un rechz,
Un datt schlechte Gewissen hinter den Orn –
Könnwer noch ein? Solln wer noch ein? Dürfen wer noch ein?
Richtich son Haufen fon Jammerlappen,
Watta sizzt, Anton.

Anton, un datt is eem mein Reden,
Un kannze seen, wie sich die Zeiten ändern,
Watta gezz dick un groß un fett anne Teeke steet,
Dazzinti Fussgängers,
Watt aber an datt Aame-Sünder-Tischken sizzt,
Dazzinti miesen Autofahrer.“

Dann muss er auch ne gute Kucke ham

„Anton", sachtä Cervinski für mich,
„Wennen Mann et zu Hause gut ham will,
Dann musser nich nur gehorchen,
Dann musser auch ne gute Kucke ham."

„Ne gute Kucke?" sarich, „wofür ne gute Kucke?
Ich mein, wennze richtich gehorchen tuuss,
Datt lanktoch."

„Datt lankt eem nich, Anton", sachtä Cervinski,
„Also, Anton, du komms fonne Schicht nach Haus,
Is allet in Ordnunk,
Inne Küche steettat Essen aum Tisch,
Du ziesstich die Schocken aus unti Pantoffel an,
Un willztich am Tisch sezzen,
Da kucktich die Olle mit so faquillte Augen an,
‚Na', sachze, ‚fälltich nix auf?'
Ich kuckmich inne Küche um,
Kuck hierhin un da hin – mich fällt nix auf.
‚Ich seh nix', sarich, un willmich Kattoffel aum Teller tun.
‚Watt, du siess nix?', sachti Olle un is am sauer am wern.
Ich kuckmich nochma um, is allet schön sauber,
Geschirr im Schrank, Ofenplatte gepuzzt,
Wasserkrahn dröppelt nich –
‚Nä', sarich, ‚Mutter, ich seh warraftich nix.'

‚Huhuhu', sachze un tuuzo, als wennse am heulen fänkt,
‚Da kammama seen', heulze, ‚wie datt mittich is,

Da kammama seen, dattich datt allet egal is,
Opptat inne Bude sauber is oder nich,
Oppti Olle watt tuut oder nich,
Da kann sich die Olle appschuften bis dotthinaus,
Allet istich egal! Watt tuusse hier überhaupt noch?'

Anton, ich bin richtich n Schrecken am kriegen,
Fadammich denkich, watt istenn blooss?
,Ach', sarich, ,die Aluminiumpötte sint gescheuert!'
,Kwatsch', sachze, ,huhuhu, inne Kneipe', sachze,
,Wennze am Skatspielen biss, da siesse allet,
Wazze für Kaaten auspieln,
Aber dattich datt ganze Fensterkreuz gestrichen happ,
Unti Gaadinen gewaschen,
Datt istich föllich schnuppe, datt fälltich nonimma auf!
Huhuhu!'
Anton, da stantich da, ich konnt machen wattich wollte,
Die Olle nur huhuhu wegen die fadammten Gaadinen,
Un dattich datt nich geseen happ –
Anton, wie sollże auch sowatt seen?
Anton, Holzauge, – wennze Ruhe inne Bude ham willz,
Dann tränier dich man rechzeitich aufne gute Kucke."

So fitsche, fitsche, fitsche

„Anton", sachtä Cervinski für mich,
„Wazzon Piepmazz is, dä hattettoch gut auffe Welt."

„Warum auch nich", sarich,
„Son klein Piepmäzzken, datt isja auch watt Nettes."

„Datt auch, Anton", sachtä Cervinski,
„Aber ich main datt anders.
Wennze gezz so inne Mittachssonne durche Kollenie geess,
Da is hier schomma n Krokus am blühn,
Unti Schneeglöxkes, un anne Weiden
Da sint schon die Käzzkes am kucken,
Untich sälps, Anton, na so umme Krawatte,
Da hasse son Gefühl wien ganz prima Seidenschal,
Irgenzowatt, watte nich begreifen kannz,
Un auf aima, Anton, da fänkt da ne Meise am pinken,
So fitsche, fitsche, fitsche –
Oder spinndicke, spinndicke,
Donnerkiel, mitti Meise, denxe,
Die istatt auch wie mit den seinen Schal um Halz,
Na, un kuck, watt machze, Anton?
Sie fänkt am pinken –,
Un wazzo anne Meisenfrau inne Nähe is,
Die hörttatt Pinken – Anton, untä Fall is gerizzt.

Anton, un wir? Nu sieh dich domma datt Gedööns an,
Wenn datt bei unz mit den seinen Schal akut wirt,
Anton, weisse, so gezz im Forfrühlink –

Da steicht mittich son tofftet Härzken inne Strassenbaan,
‚Frollein', sachse for datt Härzken,
‚Daaf ich den Faaschein für Ihnen auslegen?'
Watt sachze? ‚Danke, ich happne Wochenkaate.'
Alle!
Oder da isen Härzken irgentwo im Kaffeeh,
‚Frollein', sachse for ihr,
‚Wie iset mitten klein Stück Kuchen?'
‚Danke', sachze, ‚donnich fon geeden Hergelaufenen.'
Alle!
Oder da isen Härzken – Anton, wazzollich lange reden,
Hier machse Eiertänze unta machse Eiertänze,
Un immer iset nich die richtige.
Anton, kannze seen, datt müsst bei unz so sein
Wie datt bei die Piepmäzze is,
Stellztich aimfach auffe Strasse
Un ruufs: Fitsche, fitsche, fitsche!
Aha, denkzon Härzken, da is einer mitten Seidenschal,
Mal kucken, watt mit den los is,
Un dann kommze angeflattert . . .

Anton, datt wär doch schön,
Wenn datt bei uns auch so wär wie bei die Piepmäzze,
Anstatt datt dämliche Gedööns, watte gezz anstellen muss,
Un wo meistens nix bei raus kommt."

Un dann fliechze oom am Schrank

„Anton“, sachtä Cervinski für mich,
„Möchze datt woll sein,
Datte ma ne Stuumfliege biss?“

„Watt“, sarich, „wazzollich sein?
Ne Stuumfliege? Wazzollich ne Stuumfliege sein?“

„Anton“, sachtä Cervinski, „kucktichtattma richtich an.
Sonne Stuumfliege! Da tuuze auffe Anrichte sizzen,
Un wennse nich mehr auffe Anrichte sizzen will,
Tuuze am Fenster fliegen un kuckt nach draußen,
Un wennse genuch nach draußen gekuckt hat,
Fliechze anne Lampe un kuckt, watt da los is,
Un dann fliechze oom am Schrank,
Oder unter de Decke oder aum Fussboden, –
Kann machen, wazze will, sonne Stuumfliege.

Anton, gezz steh du aber ma am Fenster
Un kux nach draussen.
Auf aima denxe: Könnztomma nach den Backhaus geen,
Wat den seine Fitzeboon machen.
‚Wo willze hin?‘ sachti Olle.
‚Bissken nach den Backhaus ma kucken‘, sachse.
‚Blaipma lieber hier,
Un kipp den Aschenaimer inne Mülltonne aus.‘

Na, dann hasse datt getan, wat nu?
Steesse wieder am Fenster.

Donnerwetter, denxe, dä dünne Wärner,
Dä hazzichja n neun Kaninstall gebaut.

,Wo willze hin?' sachti Olle.
,Bissken nach den dünn Wärner ma kucken.'
,Blaipma lieber hier', sachti Olle.
,Unten im Keller die Kattoffelkiste,
Die mussma grüntlich sauber gemacht wern.'

Na, un dann steesse widder am Fenster,
Aintlich iset Zeit, denxe,
Dattema bei Taumfatters Jupp nachkux,
Watt da so lanxam los is.
,Wo willze hin?' sachti Olle.
,Bissken bei Taumfatters Jupp', sachse.
,Datt könntich so passen', sachti Olle,
,Mitti grosse Wäsche binnich färtich,
Unta brauch ich gezz ein, dä mit mich die Bettücher reckt.'

Anton", sachtä Cervinski, „un dann steesse da,
Un kux hinter die Stuumfliege her, Anton,
Datt sonne Stuumfliege tun un lassen kann,
Wazze will."

Tasche inne Hant, ollen Filzhut auf

„Anton“, sachtä Cervinski für mich,
„Wennze so nammittachs gegen sex durche Statt geess,
Da machse watt mit!“

„Nu“, sarich, „so gegen sex,
Da issa auch eem am meisten Betriep.“

„Anton, un wer macht den meisten Betriep?
Die ollen klein dicken Mütterkes!
Tasche inne Hant, ollen Filzhut auf,
Un dann kreuz und kwer übert Trottoah,
Un Schaufenster bekucken,
Weisse, alz wennze inne Hammelherde geraten biss,
Eine läuftich von linx forn Bauch, eine fon rechz,
Ah, denkense, die ollen klein dicken Mütterkes,
Da isja watt Neuet im Schaufenster,
Bauz, stoppense app –
Kumma, datta is schinesischen Düschess‘,
Bauz, läufse drauf, auf die dicken Mütterkes,
Bauz, laufen zwei andere von hinten auf dich drauf –
‚Hasse geseen, datt Kleit aus Makkotwill?‘
‚Nä, wo?‘ – Bauz, dich inne Seite –
Anton, wie inne Hammelherde.

Aber richtich schlimm wirttatt ärss,
Wenn datt gezz am rechnen fänkt,
Alle ollen klein Mütterkes Schirme auf,
Un nich nur gezz dich forn Bauch,

‚Kumma, datta, gaanich so teuer,
Dat is Baumwolle fillafill –‘
Un, bauz, hasse die Schirmspizze im Auge,
Unne andere im Knick.

Anton, wenn die ollen klein dicken Mütterkes,
Nich so dringent nötich wärn,
Datt jeder seine Blutwurst auffe Butters hat
Un alle Knöppe am Hempt,
Un keine Löcher inne Strümfe –,
Anton, richtich Wuut könnze kriegen
Nammittachs um sex inne Statt
Un mitti ollen klein dicken Mütterkes.“

Blaip bei Omma aum Schoss . . .

„Anton", sachtä Cervinski für mich,
„Tuusse mich aintlich fürn Unmensch halten?"
„Fürn Unmensch?" sarich, „aintlich nich,
Fürn Schautermann un fürn Schlickenfänger,
Da tuichtich woll halten,
Aber watt man so unter Unmensch fasteet,
Datt bisse aintlich nich."
„Eem, Anton, eem", sachtä Cervinski,
„Un biss gezz happichtatt auch gedacht,
Aber Anton, neulich taatichma nach Düsburch
Mitten Zuch faan,
Un ich sizz am Fenster
Un am andern Fenster sizzt auch ein,
Un in Mülheim steicht sonne Omma ein,
Hazzon klein Mätchen anne Hant.
‚Blaip bei Omma aum Schooss', sachti Omma.
‚Willze nich, Schäzzken? Na, dann gee steen.
Willze aunich, Schäzzken? Watt willze denn?
Willze n Stüxken Schockolade ham?
Willze aunich, Schäzzken? Watt willze denn?
Oder willze am Fenster kucken, Schäzzken?'
Unti Omma zu mich un den andern gegenüber:
‚Kann die Kleine woll am Fenster kucken?
Kannse doch wohl, nich?
Gee am Fenster kucken, Schäzzken.'
Untatt Schäzzken kwätscht sich zwischen mich un den andern
Un kuckt am Fenster.

‚Kumma, Omma, Mukus', sachze, dreezich um
Un trampelt mich auffe Füsse,
‚Kumma, Omma, n Töfftöff', sachtat Schäzzken
Un trampelt den andern auffe Füsse,
‚Kumma, Omma, ganze fiele Mukus', sachze
Un trampelt widder mich auffe Füsse,
‚Omma, un nochen Töfftöff', sachze,
Un trampelt widder den andern auffe Füsse.

‚Himmeldonnerwetter', sachtä andere,
‚Nu haltense dochma datt unruhige Blaach fest.'
‚Mussich auch sagen', sachich, ‚so geettat ja nich,
Bei alle Mukus auf meine blankgewixten Schuhe,
Neemse ma widder datt Blaach auffen Schooss.'

Unti Omma kuckt den andern an, kuckt mich an,
Weisse so, alz wennse uns watt im Kaffee tun wollte,
Un dann greifze sich dat Kleine,
‚Komm, Schäzzken', sachze,
‚Wir geen woanders am Fenster kucken,
Mit die Unmenschen wollnwer nix zu tun ham,
Nonimma son klein Mätchen
Am Fenster kucken zu lassen.'

Kannze seen, Anton, so schnell kanndich passiern,
Datte n Unmensch biss,
Bloss weile dich nich gefallen lässt,
Dattich bei geede Muku sonne Blaage auffe Füsse trampelt."

Un dann sachse zu se: Hu!

„Anton", sachtä Cervinski für mich,
„Wennze dich datt richtich überlecchs,
Dann gipptet doch fiel zu fiel Wörter."

„Wieso fiel zu fiel Wörter", sarich,
„Für jedet Wort musse doch eemen Wort ham."

„Watt heisst hier Wort, Anton", sachtä Cervinski.
„Haupzache, du fastees allet.
Kumma, da lässti Olle inne Küche n Teller fallen,
Watt sachze? Hu!
Datt is allet, untu weiss, wazze meint,
Dazze sich eem erschrecken taat.

Unta erzältich einen, dat Borussia Dottmunt
Gegen Schalke siem null einen gezogen gekricht hatt.
Watt sachse? Huuu!
Undatt heisstann, Mann, mit mich nich!

Oder du tuuss mit den Backhaus bei Taumfatters Jupp sizzen,
Untä Backhaus sacht: Hu?
Untu sachs: Hu! Un ditt heisst,
Ein neemwer noch.
Oder du biss mizzon lecker Härzken am scherbeln.
Un dann sachse zu se: Hu?
Un wennse dich dann auch sacht: Hu?
Dann weisse, datte nix erm kannz.

Oder Frau Schnipperink kommt bei dich inne Küche
Un sacht: ‚Herr Cervinski, hamse nich ma eem Zeit,
Dazze mich den Hühnerstall sauber machen?'
Untu sachs für Frau Schnipperink nix als: Huuu,
Dann weiss Frau Schnipperink, datte datt nich machs.

Anton, kannze seen, gippt fiel zu fiel Wörter.
Mit Hu allein kommsse aus.
Allet andere ist aintlich Mumpizz."

Datt Seelische machtich zu schaffen

„Anton", sachtä Cervinski für mich,
„Freusse dich aintlich auch, datt Sommer is?"

„Man kla", sarich, „istoch watt Schönet,
Wenn die Sonne ma schein tuut."

„Datt iset ja eem, Anton", sachtä Cervinski,
„Dattat watt Schönet is, wenn die Sonne schein tuut,
Aber datt is auch datt, wat den Sommer
Eem für dat Seelische so gefährlich macht.
Anton, im Winter is allet fiel aimfacher, Anton!
Du tuuss bei Taumfatters Jupp sizzen,
Untä Knieriem hat Geburzztach,
Untä Szepannek hat draifuffzich im Lotto gewonn –
Kannze dich denken, watt kommt,
Um zwei den letzten un um drei den allerletzten,
Un dann raus – un stickenduster draussen –
Rinn inne Poofe un gepennt!

Unnu dazzelbe im Sommer, Anton,
Drei Uhr kommsse nach Hause,
Dattis schon richtich hell draussen,
Un da wo die Sonne aufgeen tuut, da tuutatt schon leuchten
Unti Bäume sin grün wie alz von Edelsteine,
Unti Bluum im Gaaten – datt is, alz wennse
Den neun Tach begrüssen täten,
Un oom inne Pappeln, da sinkt ärss eine Schwazzdrossel,
Un dann noch aine, un hinten auffen Friedhoff noch aine,
Untu staakels da rum mit dein schwern Kopp!

Dann kuxe mal auf datt Haus,
Wo datt noch allet ruhich is,
Un dann denxe, da hinter datt eine Fenster,
Da schlummert dein treuet Waip,
Gozzmisecki, denxe, watt bisstu doch fürn Aamleuchter,
Bei sonn schööñ Sommermorgen, wo allet lacht un jubiliert,
Grade eem auße Kneipe am kommen sein!

Nu un nu un nu ganz bestimmt nich mehr,
So tuusse schwörn!
Anton, et is ja schön, dattet Sommer is,
Aba datt Seelische, datt machtich dabei schwer zu schaffen!"

Aam in Aam mittich

„Anton", sachtä Cervinski für mich,
„Datt mitti Po-äsi,
Datt istoch watt Fainet!"

„Nu ja", sarich, „woose eem hinpasst,
Sonnz istatt n bissken umständlich."

„Anton", sachtä Cervinski, „Po-äsi passt immer,
Un nix machtat Leem so schön wie Po-äsi,
Auch wennse n bissken umständlich is.
Dä Knieriem, dä hattoch sein Leem nix anderet getan,
Alz Teaterspieln und Bierhooln,
Un wenner auch sein Leem lank nix anderet getan hat,
Datt kanner!
Wennze mit deen bei Taumfatters Jupp sizz,
Untu willz n Bier ham, dann sachse:
‚Ärwin, tu michen Pilz.'
Aber wattä Knieriem is, der sacht:
‚Ärwin, füll mich den Kruuch mit schäumenden Gärsten-
saft!'

Anton, istoch ganz watt anneret,
Auch wennet n bissken umständlich ist.
Kannze richtich spürn, wie dä Knieriem
Sichti Sonne fom Himmel schain lässt!
Un, Anton, wennze den Knieriem ain austuuss,
Ain geeden anderen, dä sacht:
‚Bissen kurranten Seegers, Anton!'

Aber watt sachtä Knieriem?
‚Ämmil', sachter, ‚Aam in Aam mittich
So fodder ich mein Jahundert inne Schränke!'

Datt sachter Knieriem, Anton,
Unn wenner dazzo sacht, Anton,
Dann füülze richtig, wiesse mitti Po-äsi
Ganz watt anderet an Dankeschön kriss
Als wenn einer sacht: ‚Bissen tofften Seegers, Ämmil!'"

Da kommtatt mitti Menschenliebe

„Anton", sachtä Cervinski für mich,
„Wennze so richtich auf Menschenliebe treffen tuuss,
Datt erheeptich richtich datt Herz."

„Da hasse recht", sarich, „aber isen bissken selten,
Sonne richtige Menschenliebe."

„Datt sach nich, Anton", sachtä Cervinski,
„Kumma, aams bei Taumfatters Jupp,
Da is Taumfatters Jupp seine Ärna,
Watt mainze, watti foll Menschenliebe steckt,
Bis oom unter datt Ondollierte!
Wennze so um zeen auffe Uhr kux –
Da kommtatt mitti Menschenliebe.
‚Willze schon geen? Istonnoch frü am Tach,
Gönn dichma watt,
Ich brinktich nochen Freundliches,
Auchen klein liem Steinhägerken bei?'
Anton, nix als Menschenliebe,
Watte da erleem tuuss,
Un datt gleiche um elf un meinswegen auch um zwölf.
Aber wenn datt nu auf ein Ur zugeet,
Da tuuti Ärna richtich überfliessen for Menschenliebe,
Da machze sich Sorgen um dich!
‚Watt, noch ein?' sachze, ‚ich glaubet dich woll,
Gezz mitten inne Nacht?
Hasse schon genuch gehappt, meinich.

Geema gezz schön nach Hause un spa dich dein Gelt,
Datte morgen widderkommen kannz!‘

Anton, kannze sagen, watte willz,
Nix wie Menschenliebe!
Is richtich erheemd,
Wennse dich so entgegenströöm tuut.“

Mitten Fitsch ausset Bett

„Anton", sachtä Cervinski für mich,
„Wenn morrnz bei dich der Wecker rappelt,
Wie kommsse da aussen Bett,
So ruckzuck mitten Fitsch,
Oder tuusse dich ärss nomma
Orntlich räkeln un strecken,
Weilze denx, wie schön et donnoch im Bett is?"

„Nu", sarich, „datt kommt ganz drauf an,
Wie mich datt mitti Zeit is,
Iset n bissken spät, dann mitten Fitsch,
Un sonnz, nu, da tu ich mir
Noch zwei- oder dreima umdreen."

„Anton", sachtä Cervinski, „datt machsse falsch.
Wennze datt richtich machs,
Dann hasse immer Spass am Aufsteen.
So mitten Fitsch, datt isja hatt,
Bums aus datt waame Bett anne kalte Luft,
Aber watt mainze, watte dann stolz biss,
Datte son mutigen Mann biss,
Dä mitten Fitsch aussen Bett sprinkt.

Mitt datt Räkeln un Strecken,
Datt is natürlich fiel schöner,
Aber hinterher kommsse schwer im Brast,
Datte dich hezzen muss mit Anziehn un Kaffee
Für um rächzeitich nachen Pütt.

Anton, ich happnu ne Mettode,
Datt isti richtige Mettode für datt Aufsteen,
Kannze dich räkeln un strecken im waam Bett
Un bisstoch dä kurante Kärl mitten Fitsch.

Dä Wecker fänkt am rappeln –
Da fänxe an, lanksam bis zehn zählen,
Waisse – ainz – zwai – drai,
Un zu gleicher Zeit fänxe am räkeln,
Bai ainz weisse, gezz kannze noch neun Sekunn,
Bai zwai noch acht,
Bai drai noch siem Sekunn
Räkeln un strecken un Ahuhahu machen,
Un bai zehn – Ruckzuck den Fitsch,
Anton, bai die Mettode,
Da hasse ärrsma watt vom Räkeln
Unt ausserdem bissen kurranten Kärl!"

Dazzieesse schon an die Lieders

„Anton", sachtä Cervinski für mich,
„Weisse, wat unser dicke Tante Matta sacht?
Dattat sonne farrückte Zeit is,
Mittat Gehezze untat fiele Malochen,
Mit den Klamauk unti Mänätscherkrankheit,
Dat licht nur daran, datti Leute
Heuzutage keine Seele mehr ham,
Pattu keine Seele mähr, sacht unser dicke Tante Matta.

Un dazze keine Seele mehr ham,
Sacht unser dicke Tante Matta,
Dazziesse schon an die Lieders,
Diese singen tun.
Wenn wir früher am bügeln waan,
Wat ham wir da schöne Lieders gesungen,
Richtich schöne Lieders,
Dat kam fonne Seelè un gink inne Seele:
‚Warum wainztu, schöne Gättnersfrau,
Wainztu für dat Feilchen, watta blau?'
Dat ham wir gesungen.

Un wazzingense heute?
Allet mizzon fiesen Schisslawänk!
Dat machen nur die Beine fon Dolores,
Oder watti Matrosen in Singapur gemacht ham,
Dazzingen se heute.
Früher, dat gaaptich richtich Ruhe:
‚Da drunten im Tale, wo der Ostwint weete,

Da stant Lu-ise am Blumenbeete,
Da wa ne Blume, die wa so schön, so schön,
Un sonne Blume – happich noch nie gesehn.‘

Un wattat heute fürn Kwatsch is!
Jim, Jonni un Jonas, die fahn an Jaafa forbei!
Bei unsere Lieders früher, da wa noch wat drin,
Da konnze richtich am heulen fangen:
‚Zwölf Ur schluuchs, da drank durch die Gadine
Eine kalte weisse Totenhant!‘

Nä, sacht unser dicke Tante Matta,
Datt wirt nich ehr besser,
Alz bistat mitti Seele besser wirt,
Un mitti Seele wirtat ärs dann besser,
Wennse statt: ‚Ganz Paris träumt fon die Liebe‘
‚Es wa aima ne Müllerin, ein wunderschönes Waip‘
Singen tun.“

Anständigen Rollbraten

„Anton“, sachtä Cervinski für mich,
„Leckere Sachen, son Sülzkottlett
Odern Rollbraten mit Fifferlinge,
Tuusse die eintlich gärne essen?“
„Wattne Frage“, sarich,
„Türlich tuich die gärne essen.“

„Iauch, Anton“, sachtä Cervinski,
„Aber nich nur, dattat gut schmeckt,
Da is noch watt andert bei,
Datte sowat gärn essen tuuss.

Anton, fonnen Butterbrot mit Mammelade,
Oder fonnen Pott mit Wirsink,
Da kannze auch satt fon wern,
So istat nich, un wenn dat richtich gemacht is,
Anton, – essen kammann dat auch,
Anton, aber da fehlt wat bei.

Anton, Wirsink hasse im Gaaten, kost nix,
Halp Funt Speck rein kost eine Maak,
Wennzen halben Pott gegessen hass,
Bisse fon fümzich Fännige satt geworn,
Unnen Butterbrot mit Mammelade,
Dat kost aunich mehr als drei Groschen.

Anton, aber n anständigen Rollbraten,
Den krisse bei die Preise nich unter zehn Maak,

Funt Fifferlinge kost drei Maak,
Funt Firsiche hinterher Maak zwanzich minnichstenz,
Allet zusamm übern Daum fuffzehn Maak,
Sosse un Kattoffel willich ma gaanich rechnen,
Na, unt als Hausfatter krisse n Drittel mit,
Dazzintann fümf Maak.

Kannze sehn, Anton, fonnen Pott mit Wirsink
Wennze dafon satt geworn biss,
Dann bisse man bloss fümfzich Fännige mehr wert,
Aber Rollbraten un Fifferlinge un Firsiche,
Da bisse gleich um fümf Maak mehr wert,
Anton, dat schmeckt nich nur gut,
Datt heept auch ganz anders dat Sälpsbewusstsein."

Noch geemant ohne Faaschain?

„Anton", sachtä Cervinski für mich,
„Manchma gipptetoch kizzelige Fragen,
Wiesse dir richtich benehm sollz.
Kumma, Anton, du tuuss inne Strassenbahn sizzen
Un kux sonn bissken duselich zut Fenster raus,
Un denx an nix.
Untä Schaffner kommturch untuut saine Faaschaine
fakloppen,
Untä Schaffner geet zurück auf sain Plazz,
Un plözzlich bölkter inne Strassenbahn:
‚Noch geemant ohne Faaschain?'
Tuusse dir da mellen oder nich?"

„Na", sarich, „datt kammann so nich sagen,
Opp ich mir da mellen tu.
Draissich Fännich sint schliesslich draissich Fännich!"

„Anton", sachtä Cervinski für mich,
„Lau faan oder nich lau faan,
Kumma, wennen Kontrollör kommt,
Dann kannze dabai schwer auffalln,
Kumma, tuusse dich nich mellen,
Dann musse immer spinxen, oppen Kontrollör kommt, —
Dattedich noch rechtzaitich fadrücken kannz.
Aba, kumma, wenn der Schaffner datt bölkt,
‚Noch geemant ohne Faaschain?'
Untu bölx zurück: ‚Hier, ich!'
Dann kucktich datt ganze Folk inne Strassenbahn an.

Aha', denktat Folk inne Strassenbahn,
'Dattis ain fon die, die die Strassenbahn
Um draissich Fännich betuppen wolln,
Un gäzz hatter Anx dafor gekricht!
Sonn schlechten Hunt, ärss betuppen wollen,
Un dann Anx for datt Betuppen kriegen,
Den musse dich märken! Mit deen willze nix zu tun ham!'

Kuck, Anton", sachtä Cervinski,
„Mällze dich nich, hasse Anx nach innen,
Datter Kontrollör komm tuut,
Mällze dich aber doch, hasse Anx nach außen,
Dattat Folk sowatt Schlechtet fon dich denkt,
Kannze machen, watte willz,
Wiesset machs, isset falsch!
Datt beste is, du kux nich duselich zut Fenster raus,
Sondern tuuss sofott zahln,
Wenn dä Schaffner an dich fobai kommt."

Da happich datt Tor dreima erleept

„Anton“, sachtä Cervinski für mich,
„Wenn dich ma einer so ganz gewaltich
Inne fier Buchstam trampelt,
Geesse mit den ein schnaseln,
Oder machse watt anderet mit den?“

„Na hömma“, sarich, „inne fier Buchstam –
Un dann ein schnaseln?
Wieso ein schnaseln? Dä kann froh sein,
Datt nochen nassen Flecken fon ihm über blaipt.“

„Wie mant nimmt, Anton“, sachtä Cervinski,
„Ich wa da neulich ma widder auf Schalke,
Un datt waan dollet Spiel,
Un auf aima hatter Berni Klodt den Ball am Schlappen,
Fitschta um den Stopper rum,
Is ganz allein for die Bude,
Un datt Folk is am schrein,
Un ich bin am schrein –
Und – kapaaftich – hauter den Ball inne Bude!
Datt waan Tor!

Un wattatt fürn Tor wa, dattaatich da merken,
Denn plözzlich happich ein mitti selbe Wucht inne fier
Buchstam,
Un wie ich mich da rum dre,
Steeta einen hinter mich un is am zittern.
‚Spozzfreunt‘, sachter, ‚ich wolltat nich,

Ich wolltat ganz gewiss nich,
Aber wie der Berni da den Ball am Schlappen hat,
Da ginkdat nich anders,
Da musstich datt Tor mittreeten,
Spozzfreunt, weisse, so richtich mit Schwunk,
Ja, und da – un da – un da – Spozzfreunt –
Spozzfreunt, wenn datt Spiel alle is,
Komm, geen wir zusamm ein schnaseln.'

Anton, wazzollich dich sagen,
Watt kannze bei son Tor anders machen?
Da happich datt Tor dreima erleept,
Aima mit Ankucken, aima inne fier Buchstam,
Un am dollsten hinterher mit den Spozzfreunt beim Schnaseln."

Am Fussballpöhln

Alzich gestern fon Schicht kam,
Da stänkert mich die Olle an.
„Entweder“, sachze, „bisse hier Scheff,
Oder du biss nich Scheff,
Geenfalls, – ich machtatt nich mähr mit!“

„Nanu“, sarich, „wattistennu widder los?“
„Wattnu widder los is?“ sachti Olle,
„Datt Frizzken sollmich seit drei Stunn
N Eimer Kohln aussen Keller holn,
Un wattutä Junge?
Is auffe Rinkstrasse am Fussballpöhln.“

„Na watte“, sarich, „dän Jungen wärich Beine machen.“
Ichti Treppe runter un auffe Rinkstrasse,
Istä Lausejunge doch fadammich am Fussballpöhln!
Na, ich seh auch grade,
Wie er den Ball auffen Schlappen kricht
Un in dat andere Tor reinhaut!
„Hurra!“ schreitä Junge,
„Hurra!“ schreinse alle,
„Frizzken“, schrei ich, „sofott na Haus!“

Dat Frizzken kucktmich ganz knastich an,
„Pappa“, sachtat Frizzken,
„Fümf Minuten noch, fümf Minuten,
Datt steet gezz drei drei,
Un wir könn unstonnich fon die Heinis
Ausse Wasserstrasse schlagen lassen!“

„Fon die Heinis ausse Wasserstrasse?
Na, dannoch fümf Minuten.“

Fümf Minuten isne lange Zeit,
Unti Olle schwer im Brast.
Ich binna Hause gegangen,
Happmich den Aima geschnappt,
Scheff oder nich Scheff,
Un happti Olle die Kohln aussen Keller geholt.

Keine Meinunk für datt Heiabett

„Anton", sachtä Cervinski für mich,
„Hasse dich datt schomma überleecht,
Datte mit Schlafen fiel Gelt loswern kannz?"

„Sicher", sarich, „wennze dich schomma fapennz,
Oder datte sonnz watt fapassen tuuss,
Kannze schomma spürn, wennze nich rechtzeitich wach
biss."

„Anton", sachtä Cervinski, „so rum nich mittat Schlafen,
Datt kann geedem passiern,
Nä, ich mein datt anders rum.
Anton, da kommsse fonne Schicht,
Die Olle hattne prima Achile, dicke Linsen süssauer mittne
Mettwurst,
Un dann räxe dich un denx,
Eintlich musse ja watt anne Kattoffel tun,
Ach watt, denxe, anne Kattoffel –
Leechs dichen bissken auft Or un pennz.
Anton, un dann pennze, untu weiss ja,
Wie dazzon Bärchmann geet,
Pennter ärss, dann pennter,
Un gegen fümf wirsse wach –,
Anton, un dann bisse eem wach,
Un dann blaipse wach, Anton.

Un wattnu, Anton, so gegen neun, gegen zeen,
Keine Meinunk für datt Heiabett, Anton,

Aber ganz grosse Meinunk für nach Taumfatters Jupp,
Watt willze machen, Anton, son Appsacker musse ham,
Kannztich doch nich die ganze Nacht schlaflos im Bett
wälzen.
Na, un bei Taumfatters Jupp dä Backhaus,
Un dä Szepannek un dä Maschinsteiger Wilms,
Un dann n klein Skat un nochen klein Skat,
Un dannen bissken knobeln
Un nochen kurzen un noch ein,
Tja, Anton, wie dazzo kommt,
Entlich bisse richtich reif für im Bett,
Un dann musse jucken, Anton,
So zeen Maak un hoch inne Fännige,
Anton, un warum?

Nur fon den fadammten Nammittachsschlaf!
Son Nammittachsschlaf, dä kostet Gelt, Anton."

Wennze ma ein Gelt lein tuuss

„Anton“, sachtä Cervinski für mich,
„Wennze ma ein Gelt lein tuuss,
Tuusse datt lieber n guten Kolleegen,
Oder tuusse datt ein,
Deenze am liepsten die Orn appreissen täz?“

„Nu“, sarich, „wennich schomma ein Gelt lein tu,
Dattistoch kla, dannen guten Kolleegen.“

„Anton“, sachtä Cervinski, „datt machsse falsch,
Kuck, wenn zu mich dä Backhaus kommt
Oder dä schwatte Döllmann
Oder sonnz ein aussen Taumfa-ein,
Un sacht: ‚Ämmil, ich happ kein Schickermoos,
Tumichma zehn Feifen!‘
Dann sarich glatt: ‚Nä, datt tu ich nich!‘
Un warum?
Kuck, morn fagisstert un übermorn fagisstert,
Un ne Woche lank fagisstert,
Datt Zurückzugeem,
Un wennichne dann watt sach,
Bumms, hasse Krach mitten guten Freunt.

Aber wenn dä dicke Müller kommt,
Oder dä Schepanniak,
Un will zehn Feifen ham,
Sofott tu ich den se.
Un warum?

Anton, schon am andern Tach ge ich zu den hin,
Un sach: ‚Hömma, du Sockenbeutel,
Willze mich nichma die Kimmelpiozers wiedergeem?‘
Kuck, un dann tuter n dummet Gesicht machen,
Un kann dich nix sagen.

Un dann geesse übermorgen widder hin,
Un sachs für ihm: ‚Mainze filaicht
Ich hätt mein Gelt auffe Aschenkippe gefunn?
Gimmichma datt Gelt widder
Oder ich sachet deine Olle, du Schinesenpenner!‘

So kannze datt machen wiesse willz, Anton,
Un kannzen ausschimpfen fon hier bis Bottropp,
Un nix kanner dich antworten!
Watt mainze, watte Spass dran ham tuuss,
Wennze ein Gelt leiss,
Deenze nich leiden kannz, Anton.“

Mitti Olle, mitti Dolle, mitti Muskelkraft

„Anton", sachtä Cervinski für mich,
„Hasse schon gehört, da unten inne Kolleni
Den ollen Kahlmeier seine Jünxte, datt Kätilein,
Datt tuut diese Tage heiraten,
Anton, da freu ich mich schon richtich drauf."

„Watt", sarich, „da tuuste dich drauf freun?
Watt hastu denn dafonn?
Bisse zu die Hochzeit eingeladen?"

„Datt nich, Anton", sachtä Cervinski,
„Aber für unsern Keller, da wirtat ma widder Zeit,
Watt mainze, wazzichta allet angesammelt hat,
Leere Bierpullen, pa leere Weinpullen auch,
Unnen pa Einmachgläser, wo oom n Sprunk ham,
Un sonne olle Essichflasche un wo Spiritus drin wa,
Ganze Ecke foll, Anton.
Anton, unnu geetat los mitti Hochzeit,
Un aams forher is Polteraamt, Anton,
Un wenn datt am schummern fänkt,
Den klein Hantwagen her, un denn los,
Un all die ollen Pullen darin.
Anton, un denn wirt gepoltert,
Watt mainze, wie datta donnert,
For den ollen Kahlmeier seine Haustür.
Anton, un allet freuzich,
Datt Brautpa, dattat so richtich klirrt un kneistert,
Dazzoll nämlich Glück bringen inne Ehe,

Unserein, weil er ma entlich widder
Mitti Olle, mitti Dolle, mitti Muskelkraft
Watt kaputtschmeissen kann,
Anton, un unser Mutter freuzich auch,
Datt entlich datt fadammte Flaschengerümpel
Aussen Keller faschwunden is."

Un gezz kommti Kween

„Anton", sachtä Cervinski für mich,
„Watt hälze aintlich fon die Düsburger?"

„Fon die Düsburger?" sarich,
„Nu", sarich, „sintoch aintlich ganz fanümftige Leute."

„Waanse, Anton, waanse", sachtä Cervinski,
„Aber man kann datt die aintlich nicht übel nehm,
Un aintlich wissense auch selber nich,
Wieso datt kommpt,
Datti ausländischen Pottentaaten
Sich alle Düsburch bekucken kommm.
Schöner alz in Stoppenbärch
Oder in Riemke oder in Hombruch
Istat in Huckingen oder in Beek
Oder in Neumühl aintlich aunich.
Na, isja auch egal, Anton,
Geenfallz wa ärss de Schaales de Gaul da,
Un gezz kommti Kween.
Anton, untu kannz mich sagen watte willz,
Sowatt färpt app,
Sowatt färpt aufti Leute app,
Dazze eem mein, sie wären watt Besseret.

Un kannztich drauf falassen, Anton,
Datt steichti Leute noch im Kopp.
Anton, bei den Schaales de Gaul,
Da mussten die Männer alle

Sonne mannhafte Fabeugunk lärn,
Un gezz müssen die Tanzlehrers
Die Düsburgerinnen alle den Hofknix beibringen.

Anton, wennze später ma irgentwo ein siehss,
Anton, weisse, dä sonne Fabeugunk macht,
Alze wennze n Klappmesser schnacken lässt,
Oder wennze n Mätchen siehss, Anton,
Datt mittat rechte Bein ärss nach aussen
Un dann ganz weit nach hinten strampelt,
Anton, kannze dich drauf falassen,
Sint welche aus Düsburch."

Mittlait mitten alten Hut

„Anton", sachtä Cervinski für mich,
„Geetichtatt auch so, datte so im Nowember,
Immer sonne seelische Schläppe kriss?"

„Eine watt?" sarich, „ne seelische Schläppe,
Wie mainze dattenn aintlich?"

„Nu", sachtä Cervinski, „so mittat Mitlait,
Bisse richtich schlapp am Zwärchfäll.
Anton, da bei Taumfatters Jupp neem den Ofen,
Wo datt Brett mitti Mantelhaken is,
Anton, da tuut schon die ganze Zeit
Son ollen Hut hängen.
‚Ärna', sarich für Taumfatters Jupp seine Ärna,
‚Wer hört aintlich dä olle Hut,
Dä da an den Mantelhaken hänkt?'

‚Och den ollen Kiff', sacht Taumfatters Jupp seine Ärna,
‚Weiss nich, wer der hört.
Dä hänkt schon seit den Sommer da,
Irgenzon Besoffenen glaupich hattne hängen lassen,
Un nächstens nimmich ne Kohlnschüppe
Un stoppne im Ofen.'
Anton, unnu kuxe dich den Hut an.
Aam alten Hut, denxe, hänktschon seit den Sommer da,
Un den ganzen Sommer hassene nich gesehn,
Un kein Mensch hazzich um ihn gekümmert,
Un ärss recht nich dä Kaffenzmann,
Der der Hut ma hörn tat.

Na, un gezz iset so weit, gezz wirsse im Ofen gestoppt,
Noch nichma mitti Hände tunse dich anpacken,
Nä, mitne dreckige Kohlnschüppe.
Dat hasse nu dafon, ärss hasse ein Spass gemacht,
Un hassne die Plääte gewärmt
Un den Kopp trocken gehalten,
Un gezz sagen se ollen Kiff für dich.

Anton, datt is eem datt, wattich
Die seelische Schläppe nenn.
Gezz im Nowember, Anton,
Da hasse soga Mittlait mitten alten Hut."

Zum Appfluch auffen Moont – maasch!

„Anton", sachtä Cervinski für mich,
„Wat hälze eintlich fon gut Essen un gut Trinken?"

„Nu", sarich, „gut Essen un gut Trinken,
Datt is mit dat Beste, wattet auffe Welt gippt."

„Anton", sachtä Cervinski, „dat mein ich auch,
Aber gut Essen un gut Trinken, Anton,
Dat is gezz nich mehr allein watt fürn Magen,
Dat is gezz auch wat Politischet.
Anton, dat is gezz alle mitti schlanke Linie,
Dat wirt dat Jahundert fon die Dicken!
Anton, woosse hinkomms, wofon sprichtat Folk?
Fonne Sattellitten, Anton.
Ärs wa nix drin,
Dann waan pa Hunde drin,
Un gezz sint Menschen drin, Anton.

Anton, un nochen Mensch un nochen Mensch,
Un auf aima hamse Soldaten für auffen Moont,
Kompanie stillgestann!
Zum Appfluch auffen Moont – maasch!

Anton, nu istat aber so,
Dattat mit den Plazz in son Sattelitten
Immer nochen bisken knapp is.
Grosse Dicke, die könnse
Für auffen Moont nich brauchen,

Nä, da müssen se dünne Mickrige ham,
Sonne Aat luftgetrocknete Gaatenzwärge,
Un wär orntlich watt auffe Rippen hat,
Den tuunse nich nehm.

Na, nu weisse ja, wat läuft, Anton!
Gut Essen un gut Trinken,
Unti Heldengreifers fonne Sattelittensoldaten.
Die tun dich überhaupt nich ankucken,
Untu kannz ruich auffe Ärde bleim!
Anton, watt mainze, watt mich gezz dat Bier
Unti Kottlezz schmecken,
Wo ich weiss, datt gut Essen un gut Trinken
Auch wat Politischet is."

Weil dä Bär dir beisst

„Anton", sachtä Cervinski für mich,
„Bei uns wa gezzne Kirmes,
Da wa auchne Bude mit wilde Tiere,
Da binnich mitti Blagen reingegangen,
Da kannze watt erleem, Anton."

„Sicher", sarich, „wilde Tiere,
Datt is immer watt Interessantes für Blagen."

„Wie mant nimmt, Anton", sachtä Cervinski,
„Da wa auchen Käfich mitten dicken Bär,
Un an den Käfich waan Schilt, da stant drauf:
‚Nich am Bär packen!'
Anton, unta sacht unser Oska:
‚Pappa, warum daafich nich
Am Bär packen?'

‚Junge', sarich, ‚weil dä Bär dir beisst.'
‚Pappa', sacht unser Oska,
‚Wennichne hinten anne Bollen packe,
Da kanner mir doch gaanich beissen.'
‚Doch', sarich, ‚da dreeter sich
Ganz schnell rum un beisstir.'
‚Pappa', sacht unser Oska, ‚dat glaubichnich.
Unsern dicken Lärrer,
Den schmiernwer immer Kreide anne Bollen,
Datt märktär aunich.
Sollich den Bär ma Kreide anne Bollen schmiern?

Ma kucken, oppter Bär
Schneller is als unser Lärrer?‘

Anton“, sachtä Cervinski, „ich muss ja sagen,
Ich hättat auch ganz gärn geseh͏n,
Oppter Bär sich Kreide anne Bollen schmiern liess,
Aber datt konntich donnich machen als Pappa,
Wazzolt ich machen, Anton,
Ich happti Blagen anne Hant genommm
Unt bin aus die Bude rausgegangen.“

Un such mich die besten Bretter raus

„Anton", sachtä Cervinski für mich,
„Pä, watt gipptattoch für schlechte Menschen inne Welt."

„Kannze wol sagen", sarich,
„Gippt fiele schlechte Menschen inne Welt."

„Hättich mich gaanich forgestellt", sachtä Cervinski,
„Wattet für schlechte Menschen inne Welt gippt.
Anton, bei uns da inne Gegent,
Da wa doch son grossen Neubau,
Unnu brauchtichtoch n pa Bretter,
Dat Dach fon mein Hühnerstall,
Dat wa nich mehr ganz dicht.
Anton, un ich schlenker da ma so stickum
Um den Neubau rum,
Da hatten die Bauleute
Son ganzen Hümpel Holz zusammgeschmissen.
Dat meiste wa Appfall, Anton,
Konnze nix mit machen,
Abern pa ganz toffte Bretter waan noch dabei.
Anton, un alztat so am schummern fink,
Ich ma widder an den Neubau,
Un such mich die besten Bretter raus,
Un binnse mit Paxbant zusamm.

So, dachtich, nu mannich schnappen lassen,
Isja nich wegen die pa Bretter,
Aber hinterher mainense, du hasstich auch

Alle dat andere unterm Nagel gerissen,
Wat bei son Neubau gewöhnlich faschwinden tut.

Na, unta kam da im Schummern
Ärssma son dämlicher Rattfarrer forbei,
Un dann son überflüssiget Liebespärken,
Un dann noch ein, der da nix zu suchen hatte,
Kwatsch, dachtich, aams istat immer schlecht,
Aber morrns for Schicht, da is kein Mensch unterwegs,
Kommsse morrn for Schicht un holztich die Bretter.

Anton, wazzollichtich sagen,
Ich morrns for Schicht an den Neubau –
Da hatten Indianer gefrühstückt, Anton,
Meine Bretter, meine schön Bretter – kein Stück mehr da,
Hattoch son Lumpenhunt die Bretter schon appgeholt!

Kannze sehn, Anton, wattat für schlechte Menschen gippt,
Sälps dat bissken, wazzich n klein Mann organisieren tuut,
Dat wirt noch geklaut."

N ganz grossen Unterschiet

„Anton", sachtä Cervinski für mich,
„Hasse nich auschomma gemärkt,
Datt in die Biere
N ganz grossen Unterschiet is?"

„Datt stimmt", sarich, „datt eine schmeckzo
Un datt andere so, wiet falankt wirt."

„Nä, nich mitten Geschmack, Anton", sachtä Cervinski,
„Da is natürlich sowieso n Unterschiet drin,
Aber mitti selben Biere gipptet auchen Unterschiet.
Un ich weiss fadammich nich, wie datt kommt.
Kuck, ich sizz mit den Backhaus bei Kanonenfrizz,
Un wir sint uns watt am Erzähln
Un trinken uns ain so frei wech,
Waisse, ohne datte groß am Saufen fänx,
Un wie ich schicken muß,
Da hattich doch siem Bier auffen Deckel!
Anton, un siem Bier, dattis schon watt,
Da kannze schließlich fon falangen,
Datte schon n bisken schwindelich biss,
Un bei mir – nix!
Und bei den Backhaus – auch nix!

‚Dattistoch komisch', sarich für den Backhaus,
‚Siem Bier un nix!
Komm, wir geen bei Taumfatters Jupp noch ain trinken!'
Na, un wir nach Taumfatters Jupp hin,

Dä Backhaus trinkt fümf, un ich auch fümf,
Un außerdem taaten wirse noch
Mit drei Steinhägers fadünn,
Un wazzollichdich sagen, Anton:
Auf aima wa bei uns allet Fagissmeinich,
Runtrum allet schön blau.

Kuck, Anton, da kannze seen,
Dattat in die Biere
N ganz grossen Unterschiet is,
Siem bei Kanonenfrizz un nix,
Un bloss fümf fadünnte bei Taumfatters Jupp,
Un fröhlich blüht der Mai."

Männliche un waipliche Ortnunk

„Anton", sachtä Cervinski für mich,
„Hasse schomma gehört,
Dattet ne männliche unne waipliche Ortnunk gippt?"

„Nä", sarich, „Ortnunk is Ortnunk,
Wieso sollet denn da ne männliche
Unne waipliche Ortnunk geem?"

„Gipptet aber, Anton", sachtä Cervinski,
„Anton, wennze aams im Bett geess,
Dann kannze nich aimfach im Bett geen!
Dann sachti Olle ärss:
‚Hänkti Buxe orntlich übern Bügel?
Un wie hasse dat Hempta widder hingeschmissen,
Du alten Klüngelpott!
Unti Strümfe kannze ruich übern Stuhl legen,
Die brauchse nich aimfach auffe Erde schmeissen!'
Anton, un dat isti waipliche Ortnunk.
Kannze noch so müde sein,
Du tustatt, watti Olle dich sacht.

Aber Anton", sachtä Cervinski,
„Ihr happtoch auch zu Hause auffe Anrichte
Sonne Pötte stehn, aus Pozzelan,
Wo Feffer un Salz
Un Muskat un Zucker un Fannilje draufsteht?"

„Sicher", sarich, „sonne Pötte hamwer auch."

„Anton", sachtä Cervinski, „un wennzema nachkux,
Watta drin is,
Dann ista immer wat andret drin
Alz wie da drauf steht,
In Feffer sinti Maaken aussen Konsum,
Un in Salz istat Backpulfer un de Kamillentee,
Un in Fannilje Heftzwecken un Binnfaan.
Dattat ein richtich ärgern kann!
Anton, wenn da nämlich wat drauf steht,
Dann mussta auch drinsein, watta draufsteht.
Dat is eem die männliche Ortnunk, Anton.

Aber wennich zu meine Olle sach:
‚Meingottnomma, tu doch datta drin,
Watta draufsteht',
Dann sachze: ‚Für son Blöözinn happich keine Zeit.'

Anton", sachtä Cervinski, „un dat is eem
Dä Unterschiet zwischen die männliche
Unti waipliche Ortnunk.
Bei die waipliche Ortnunk tun die Männer,
Watti Weiber sagen,
Aber bei die männliche Ortnunk sagen die Weiber,
Datt wär Blöözinn."

Sssssiiiiiiisitsat. Da isser widder

„Anton", sachtä Cervinski für mich,
„Kannze aintlich mit Wonne n Tier kaputmachen?"

„Watt?" sarich, „mitt Wonne n Tier kaputmachen?
Samma, hörstu fielleicht zu die,
Wo so im Dämmern un so un wo inne Anstalt?"

„Kwatsch, Anton", sachtä Cervinski,
„Aber Anton, et hazzo richtich wat Leckeret
Zu Mittach gegeem, Sauerkraut mitne Mettwurst,
Na, un dann mussti Olle einkaufen,
Unti Blagen spieln auffe Strasse,
Un inne Woonunk is allet so sauber un so still.
Im Gaaten brauchse nich,
Da leechse dich auffe Kautsch inne Küche,
Nimmstichen Krimi un fänx am leesen,
Na, unta fänkt ditt Wort am tanzen un datt,
Un da machse die Augen zu,
Watt schöön, denxe –
Unta geetat los:
Sssiiiiiiisitt! N Brummer!
Fadammt, denxe, hoffentlich sezzter sich gezz still inne
Ecke?
Pa Sekunden hörsse nix, aha, denxe,
Gezzma wacker einpennn!
Un grade bisse widder am einpennn –
Ssssiiiiisitsat! Pack, pack!
Da hatter sich die Birne anne Scheibe gestossen!

Hoffentlich isser gezz Kao!
Anton, nix! Immer wennze einpennn willz,
Kommter fadammte Brummer.
Hilftich nix, Anton, hoch unne Zeitunk gekricht,
Wo isser, dä Satan?
Finnze nix, leechstich widder hin.
Sssssiiiiiiisitsat. Da isser widder.
Un du widder hoch, wo isser?
Da sizzter anne Scheibe,
Lanxam schleichse hin,
Lanxam heepse die Zeitunk,
Dä Brummer tuut noch da sizzen –
Anton, un dann schlächse zu –
Un mit watt schlächse zu, Anton?
Mitti grösste Wonne fonne Welt!“

Dann kucktich datt Mätchen doof an

„Anton", sachtä Cervinski für mich,
„Geetichtat auch so, dattich manchet,
Wattich unangeneem forkommt,
Hinterher fiel angeneemer is alztat Angeneeme?"

„Mann", sarich, „dat musse mich ärsma erklärn,
Eh ich datt kappiern kann,
Dattatt Unangeneeme angeneemer is alztat Angeneeme."

„Anton", sachtä Cervinski, „bei unser dicke Tante Matta,
Wenn wir da so sonntachs auf Fisitte sint,
Dann gipptat Kirschtorte,
Un dann sacht unser dicke Tante Matta:
‚Also Bescheit wissen tuuter alle,
In die Kirschen, da sint noch die Steine drin,
Ärsma happich keine Zeit,
Für euch auch noch die Steine rauspuulen,
Un zweitens happter da auch mehr fon,
Wenner fanümftig und lanxam essen tut.'
Anton, unt unser dicke Tante Matta hat recht,
Nimmsse dichen Stück Kirschtorte,
Un puuls lanxam mitti Zunge die Kerne raus,
Un wattich ärss unangeneem erschein taat,
Anton, hasse fiel mehr fon fon die Kirschtorte.

Aber gezz bisse im Kafeh, meinswegen mit deine Olle,
Un bestellztich n Kirschtörtken,
Dann fraachse datt Mätchen, wattich bedien tuut,

‚Sinta noch Steine drin?'
Dann kucktich datt Mätchen doof an:
‚Nu bittich Ihnen aber doch, mein Här,
Wir führn nur Kirschtörtkes mit ohne Steine drin.'
Unnu los, Anton, datt erste Stück, datt zweite Stück,
Krach! Deutsche Wertarbeit!
Da hattoch eine fon die, die inne Konserwenfabrick
Die Steine rauspuulen, da widder Fusch gemacht,
Untu kuxtich datt Törtken mit scheele Augen an,
Un has mehr Anxt for den nächsten Stein,
Alztattich datt Törtken schmeckt – –
Kannze seen, Anton, lieber ne Kirschtorte
Bei unser dicke Tante Matta mit mit Steine,
Dat istich fiel angeneemer, auch wennet unangeneem is,
Alz sonn fadammtet Kirschtörtken im Kafeh,
Wattich alz angeneem angepriesen wirt,
Aber mittat Gekrache inne Zähne
Fadammt unangeneem sein kann."

Mitten Tiger kannze färtich wärn

„Anton“, sachtä Cervinski für mich,
„Mitten Tiger, da kannze färtich wärn,
Entweder tusse auffen Baum klettern,
Oder der Tiger tut im Käfich sizzen,
Aber kannze auch mit kleine Blagen färtich wärn?“

„Nanu?“ sarich, „mit kleine Blagen?
Kleine Blagen sintoch watt Nettet,
Kannze doch mit färtich wärn.“

„Sicher sint kleine Blagen watt Nettet“, sachtä Cervinski,
„Kumma, unser klein doof Hildegaat,
Wennze so morrnz nachn Pütt hinmuss,
Dann lichtat klein doof Hildegaat noch in sein Bettchen,
Daum im Munt un isso richtich lecker am pennn,
Ha, denxe, wär doch nett,
Wennze gezz datt klein Hildegaat ma auffen Aam nehm
könnz,
Aber kannze nich, klein doof Hildegaat muss noch Heia
machen.

Anton, unnu istat Sonntachmorgen,
Samstach aamt hasse ne ausreichende Schluckimfunk
hinter dich,
Freusstich so richtich, datte nich ausse Poofe muss.
Aber auf aima geettat los,
Da kommt klein doof Hildegaat angekrabbelt,
Tuttich inne Haare ziehn un anne Nase fassen,

‚Pappa', sacht klein doof Hildegaat,
‚Nu tuma nich so schnaachen,
Pappa, mein tlein Teddi isse danz wach,
Pappa, hasse auch auftepasst,
Datti böse Fee nich tommt?'
Himmelsakra, denxe, alle mittat Schlafen!
Gezz hasse datt, woosse dich die ganze Woche drauf
gefreut hass,
Klein doof Hildegaat bei dich im Bett,
Gezz hasset!
Wirsse gropp, fänkt klein doof Hildegaat am wein,
Willze aunich.
Tuusse so, alz wennze noch am pennn wärss,
Zieze dich inne Haare,
Fänxe mitti böse Fee an, fastekze sich unter die Bettecke
Un kizzeltich anne Beine,
Kannze machen watte willz, Anton,
Klein doof Hildegaat steesse machtlos wisawi.

Anton, mitten Tiger, da kannze färtig wärn,
Mit klein doof Hildegaat sonntachmorgens nich."

Fasteesse die Kindersprache?

„Anton“, sachtä Cervinski für mich,
„Fasteesse eintlich die Kindersprache?“

„Nanu“, sarich, „ich weiss nich,
Watteta gross zu fastehn gippt?“
„Un watteta zu fastehn gippt“, sachtä Cervinski,
„Anton, wir ham doch gezz dat Jünxte
Fon unser Mariechen zu Haus,
Weil unser Mariechen ihre Schwiegermutter
Mitten Daamgeschwür im̄ Krankenhaus liecht,
Son klein Krabbel fon anderthalp Ja.
Anton, un gestern sizzich inne Küche,
Un les son spann Attickel inne Zeitunk,
Da sacht unser Mutter für mich:
‚Passma auf dat Kleine auf,
Ich mussma eem im Konsum.‘
‚Is gemacht‘, sarich un les weiter.

Na, dat Kleine krabbelt da rum,
Un auf aima ziehtet anne Tischdecke.
‚Nich anne Tischdecke ziehn‘, sarich un les weiter.
Auf aima istat Blaach anne Spülbank.
‚Nich anne Spülbank gehn‘, sarich un les weiter.
Auf aima iset am Ofen,
‚Nich am Ofen gehn‘, sarich un les weiter.

Auf aima stehtat Blaach for mich un sacht: ‚Rölleröllе.‘
‚Rölleröllе‘, sarich un les weiter.

Auf aima fänktat Kint am schrein un schreit: ‚Röllerölle.'
‚Ruich', sarich un will weiterlesen.
Aber dat Blaach schreit, alz wennet im Messer säss,
‚Röllerölle, röllerölle, röllerölle!'
Na, ich nehm dat Kint auffen Aam,
‚Mäusken', sarich, ‚wat schreisse denn so farrückt?'
Dat Kint fänkt noch mehr am schrein,
‚Klizzikleini Kabäusken', sarich,
‚Watt hasse denn aintlich?'
Dat Kint hälzich am schrein.

Ich wusst fadorich nich, wattich machen sollte.
Na entlich kommt meine Olle zurück.
‚Ich weiss nich, wattat Kint hatt', sarich,
‚Sacht röllerölle un fänkt am schrein.'
Die Olle kuckzich dat Kint an.
‚Mannomann', sachze, ‚du bistich ein!
Datt kannze dichtoch woll denken,
Wenn dat Kint röllerölle sacht,
Dattattann mamuss.' "

Da tu ich gärn ein schmettern

„Anton", sachtä Cervinski für mich,
„Kommtichtat auschomma an,
Datte gärn ein singen tuuss?"

„Türlich", sarich, „appunzu
Da tuich ganz gärn ein schmettern."

„Kannze sehn, Anton", sachtä Cervinski,
„Singen is nich nur wat Schönet,
Singen is auch wat Praktischet.
Anton, wennich aams bei Taumfatters Jupp sizz,
Untatt wirta n bisksken lustich,
Dann sinkich am liepsten Schlagers:
‚Grüss mich die Daam aus die Ba fon Jonni Miller,
Besonders Molli mittat rote Ha',
Oda: ‚Taback un Rum brauchen Kaubeu',
Dann binnich so richtich in Stimmunk.

Un wennich mich dann nochen pa
Orntlich gepackt happ,
Dann wirt mich dazzo weleidich um die Weste,
Un dann sinkich am liepsten watt Tragischet,
‚Rosemariiii,
Siem Jahre mein Härz nach dich schrie',
Oder den Toselli seine Serenade,
Anton, ‚Tüüüü-tati-tataa,
Ta-tüüüü-tattatütata-ta-tüüü',
Datt macht mich dann immer am heulen,

Aber ich weiss auch, datt ich noch wat fatragen kann.
Un dannoch pa Pilz un pa Steinhägers,
Dann iset so weit,
Dann sinkich am liepsten wat fon Haun un Stechen,
Fon die blauen Dragoners, die reiten,
Oder fon die morschen Knochen, die am zittern sint.
Anton, un dann weissich Bescheit,
Dann happich die Fot* foll.

Anton, datt is eem dat Praktische am Singen,
Datte weiss, wennze weiss, watte sinx,
Oppse noch ein packen kannz,
Oder oppte zusiess,
Datte nach Hause kommss."

Leechzich der unterm Tisch!

„Anton“, sachtä Cervinski für mich,
„Glaupse aintlich, dattat in Bayern
Allet schöner un besser is alz bai uns?“

„Na“, sarich, „datt waiss ich aunich,
Opptata allet schöner un besser is.“

„Kumma, Anton“, sachtä Cervinski,
„Wir ham da gezz ain aus Bayern,
Un wennze mitteen mal watt sprechen tuuss,
Kärl inne Kiste, watt fänkter am schimfen!
Wazze in Bayern fürne schöne Gegent ham,
Un wazze da fürn schönet Bier ham,
Un wazze da für Waisswürst ham –
Un bai unz? Nur Kooksasche im Kragen!
Na, un ich gee mal mitteen aus Bayern
Bai Taumfatters Jupp hin,
Na, un wir trinken unz ain,
Unnoch ain unnoch ain,
Unta kommta dä Maschinsteiger Wilms,
Un wir trinken unz ain unnoch ain,
Untä olle Wilms is so am erzäln,
Datt man alt am wärn is,
Früher, da konnze noch watt fatragen,
Un heute? Drai Kasten Bier unne Flasche Schnapps,
Schon bisse kuckuck!

Na, un wir hatten jeder so zehn auf,
Un grade wollten wir mittat schärfere Saufen anfang,

Bums – leechzich der aus Bayern unterm Tisch!
Anton, nu fraach ich dich,
Watt leechter sich unterm Tisch?“

„Nu“, sarich, „waaschainlich
Waa zufiel Fett inne Leberwurst;
Datter datt nich fatragen konnte.“

„Anton“, sachtä Cervinski, „datt happich
Auch zuärss gedacht.
Aber datt waat nich!
Nä, dä wollte bloss nachkucken,
Opp datt in Bayern untere Tische
Auch schöner is alz bai unz im Koolnpott.“

Nachwort

„Watteta" – „Faampott" – „aunowatt" – „schomma" – „krich" – „appunzu" – das ist kein Chinesisch und keine moderne Lyrik, sondern der jüngste und lebendigste deutsche Dialekt. Diesen deftigen und wundersamen Jargon des Ruhrgebiets hat Wilhelm Herbert Koch in der WAZ als erster zu Papier gebracht, ihm ist es zu danken, daß wir ihn Buchstabe für Buchstabe würdigen und analysieren können, diesen unzweifelhaften Fortschritt gegenüber der umständlichen, langatmigen Hochsprache: „Was es da" – „Farbentopf" – „auch noch etwas" – „schon einmal" – „kriege ich" – „ab und zu".

Der eckige, harte Revier-Slang entstand mit dem Beginn dieses Jahrhunderts, als im deutschen wilden Westen zwischen Duisburg und Dortmund sich vor allem Rheinländer und Westfalen miteinander verständigen mußten, was ihnen bis heute schwer genug fällt. Darüber hinaus sollten aber auch Polen, Holländer, Schlesier, Hessen, Iren, Ostpreußen, Russen, Italiener und viele andere miteinander reden und arbeiten. Im größten Kolonisationsgebiet, das die Schwerindustrie je geschaffen hat, war Anpassung die Parole. Der Mecklenburger wollte vom Bayern gehört, der Sachse vom Berliner respektiert, der Flame vom Pommern verstanden werden. Die Schnörkel der eigenen Mundart mußten abgeschliffen, sie mußten vergessen werden zugunsten einer neuen, allen rasch verständlichen Umgangssprache. Aus einem Dutzend Mundarten und Sprachen überlebte eine schmucklose, aber höchst brauchbare Mittellage: der kantige, knappe Verständigungsstil der Schwerarbeiter.

Im Lärm des Bergwerks, im Krach der Hütten waren lange, verblümte Andeutungen und indirekte Vorgeplänkel fehl am Platz. Zum Getöse der Hämmer, Schlägel und Maschinen kam unter Tage die ständig drohende Gefahr, die dauernd staubige Luft. In dieser „dicken" Atmosphäre war Bühnensprache ein Unding, war allein der kurze deutliche Zuruf möglich, galt allein der verbreiterte Vokal, der konzentrierte, verhärtete Konsonant, die praktische Verkürzung: Aus „Leben" wird „Leem", aus „noch nicht einmal" wird „nonimma", aus „würdest du" wird „würze", aus „hör doch mal" wird „höddoma".

Diese und die anderen Ergebnisse sind bei Wilhelm Herbert Koch nachzulesen. Sie sind zwar grob und derb, aber für robuste und rasch begreifende Leute. „Butterbrote" werden kurz und gut zu „Butters", und die genaue Lautung von „jetzt", „nichts" und „daß das dann mal" wird reduziert auf „gezz", „nix" und „dattattamma". Wer wollte noch „und", „ist" und „nach" sagen, wenn schon bei „un", „is" und „na" alles klar ist? Welche Mühe bereitet „Was für ein", wie einfach ist „Wattforn". Das viersilbige „kenne ich nicht" verkürzen Kochs Kumpel zum zweisilbigen „Kännknich". Typisch ist auch „Daam" statt „Damen", „Siem" statt „Sieben", „aams" statt „abends" – alles Doppelte und Dreifache wird buchstäblich vereinfacht. Auch den Konsonanten geht es nicht anders: „Aaz" (Arzt), „sinxe" (singst du), „hasse" (hast du), „iset" (ist es), „aintlich" (eigentlich).

Wozu lange Sätze, wenn auch ohne Tätigkeitswort schon alles gesagt ist: „Ichn sofort inne Schnauze". Das erläutert den Fall schneller und besser als „Ich versetzte ihm augenblicklich ein paar Schläge in ..." usw. „Wo gehsse?" (Wohin gehst du?), Antwort: „Konsum". Man schätzt das

Direkte, Präzise, Geschwinde. Umstandsbestimmungen der Orte, Zeiten und Arten und Weisen sind etwas für Lehrer und „feine Pinkel". Selbst die Kinder lieben die Sachlichkeit, das Stenogrammkürzel: „Hasse Schulla?" (Hast du schon Schularbeiten gemacht?) oder, rasch heruntergerattert: „Vatta kumma Negers!" (Vater, guck mal, da sind Neger!)
Die pfiffige Ruhr-Lakonie erinnert nicht selten an die der Berliner, bei denen es ebenfalls galt, im Menschentiegel rasch zu reagieren oder zu verspielen. Daß die von Kumpel Anton repräsentierten Leute gerade auf Grund ihrer realistischen Einstellung auch eine herzhafte Art Humor haben, beweist nicht nur, daß sie ihre trübe Emscher „Rio Tinto" nennen, daß sie die Gesamtheit des Seienden zuweilen als „Kappes" definieren oder daß Claire Waldorf nicht etwa aus Berlin, sondern aus Gelsenkirchen stammt – das beweisen vor allem die drolligen, launigen, lässig räsonierenden Geschichten, die Kumpel Anton von seinem Kollegen Cervinski erzählt. Wer „in Walsum oder in Lütchenbümmel oder in Stoppenbärch woon tuut", der hat auch seine Gefühle, wenn auch unter rauher Schale und oft nur nach „Faia-aamt", im „Taumfa-ain", am „Tresen". Jürgen von Manger hat nach Wilhelm Herbert Koch den Ruhrjargon auch akustisch und mimisch populär gemacht – auch hier die gleiche unverwechselbare Ruhr-Ruppigkeit, die gleichen Tragödien des Satzbaus, dieselben Klimmzüge auf der Suche nach der verlorenen Hochsprache. Und wenn die Verständigungssorgen – wie bei Koch – endlich mühsam überwunden sind, dann kommt auch bei Manger das erlösende „Jau!" Doch scheint Wilhelm Herbert Koch, der selber einige Jahre unter Tage arbeitete, die Revier-Phonetik noch um einige Grade richtiger getroffen zu

haben als der auf seine Weise glänzende von Manger. Heute spricht im Ruhrgebiet nicht mehr nur der Arbeiter die Sprache des Arbeiters. Alle zwischen Haltern und Hattingen haben sie, zumindest im Tonfall, angenommen. In Duisburg hat sie zwar noch ihren rheinischen, in Dortmund noch deutlich ihren westfälischen Beiklang, aber Angestellte wie Fußballspieler und Straßenbahnschaffner – also auch alle jene, die nie den Lärm der Walzstraßen mit Zurufen übertönen mußten – sagen heute „Hömmuht“ und nicht „Helmut“.

Fünf Millionen sprechen eine Sprache, der sich zwar bis heute keine Philologie gewidmet hat, die es aber auch dann noch geben wird, wenn an der Ruhr einmal gar keine Kumpel mehr „indatt schwazze Abaizzeuch nachen Pütt hin malochen“ gehen sollten.

Jürgen Lodemann

Inhaltsverzeichnis

Vorwort 5
Ne Maak is noch lange keine Maak 6
Izze Kumpmann 8
Inne Nacht träum 10
Schicht is schön, wennse aufhört 12
Rin im Kübel un auf die Olle! 14
Watthatt son Possboote et gut! 16
Watt machse mit datt Übergeschlabberte? 18
Da isen Knopp am fehlen 20
Watt mainze, wazze da angefaan komm 22
Hälze datt aintlich fürn Spass? 24
Lasse sichen Küssken geem 26
Ich gee alz Raumfleegerin 28
... oder wiet auffen Pöttken saass 30
N guten alten Bekannten 32
Wegen die Härzlichkeit 34
Nix als Reize am fluuten! 36
„Ich tu gezz auf Schallplatten singen" 38
Kommense man nich bei mich bei 40
Da ista son lecker Härzken 42
Klein Strunztüchsken oom inne Tasche 44
Un dann mussen Ausfluch machen 46
Dat Räuma 49
Deswegen geh ich nach dat Schüzzenfest 50
Am liepsten täzene eine schmieren 52
Hassen ganzen Tach deine Ruhe 54
Dann erzählsse fon deine Weweekes 56
Spannent wien Fussballspiel 58

Aima inne Woche „Här“ 61
Hühnerstall am streichen 62
Dattat wunderschön klatschen muß 64
Un wennze nachen Zaanaaz geess 66
Eine, die Banaan auffe Butters tut 68
Wennze inne Gefaanzone leeps 70
Datt bisse sälps in schult 72
Watt annen Mann schön is 74
Kucktich bloss ma die Mätchen an 76
Un dazzoll Haupstatt wern? 78
Unsereinen, dä hazzeine Olle 80
Da freuze sich dat ganze Ja drauf 82
Sie liessen mir nich 84
Spass am Gaaten 87
Die Gleichberechtigunk 88
Watt willze mitti Affen? 90
N dicken Grock und nochn Grock 92
X- und O-Beine 94
Wennze dich sonntachs fein machs 96
Ich happ eem heute mein Fresstach 98
Dann istat mehr n weichen Willem 100
In Bonn heistat Wange 102
Watt an datt Aame-Sünder-Tischken sizzt 104
Dann muss er auch ne gute Kucke ham 106
So fitsche, fitsche, fitsche 108
Un dann fliechze oom am Schrank 110
Tasche inne Hant, ollen Filzhut auf 112
Blaip bei Omma aum Schoss ... 114
Un dann sachse zu se: Hu! 116
Datt Seelische machtich zu schaffen 118
Aam in Aam mittich 120
Da kommtatt mitti Menschenliebe 122

Mitten Fitsch ausset Bett 124
Dazziesse schon an die Lieders 126
Anständigen Rollbraten 128
Noch geemant ohne Faaschain? 130
Da happich datt Tor dreima erleept 132
Am Fussballpöhln 134
Keine Meinunk für datt Heiabett 136
Wennze ma ein Gelt lein tuuss 138
Mitti Olle, mitti Dolle, mitti Muskelkraft 140
Un gezz kommti Kween 142
Mittlait mitten alten Hut 144
Zum Appfluch auffen Moont – maasch! 146
Weil dä Bär dir beisst 148
Un such mich die besten Bretter raus 150
N ganz grossen Unterschiet 152
Männliche un waipliche Ortnunk 154
Sssssiiiiiiisitsat. Da isser widder 156
Dann kucktich datt Mätchen doof an 158
Mitten Tiger kannze färtich wärn 160
Fasteesse die Kindersprache? 162
Da tu ich gärn ein schmettern 164
Leechzich der unterm Tisch! 166
Nachwort 169